Splendeurs impériales

*Barbara Cartland est une romancière anglaise
dont la réputation n'est plus à faire.*

*Plus de trois cents romans variés et
passionnants mêlent aventures et amour.*

*Les Éditions J'ai Lu en ont déjà publié
plus d'une centaine que vous retrouverez
dans le catalogue gratuit disponible
chez tous les libraires.*

Barbara Cartland

Splendeurs impériales

traduit de l'anglais par Marie-Thérèse Boinais

Éditions J'ai Lu

Ce roman a paru sous le titre original :

IMPERIAL SPLENDOUR

© Cartland Promotions, 1979
Pour la traduction française :
© Éditions de Trévise / BFB, Paris, 1984

1812

1

Le duc de Welminster traversa la pièce, ouvrit les rideaux et contempla les reflets des premiers rayons du soleil sur la Néva. L'un des fleuves les plus courts du monde...

En face, sur l'autre rive, il pouvait voir le soleil jouer sur les flèches de la cathédrale de Saint-Pierre-et-Saint-Paul, et au delà les bastions et les murailles de la forteresse construite par Pierre le Grand.

Mais ce matin-là, bien que séduit dès son arrivée par la perfection architecturale de Saint-Pétersbourg, le duc se souciait peu de beauté artistique. Il ne songeait qu'aux questions d'ordre militaire qui l'avaient amené en Russie, aussi impatient que l'Armée russe de connaître les conclusions du grand état-major russe quant à la direction de l'avancée française.

Une langoureuse voix féminine interrompit sa méditation.

– M'auriez-vous oubliée? Je suis toujours là... et je vous attends!

Le ton ne laissait aucun doute sur le caractère de l'invitation qui était faite dans un anglais impeccable, mais avec un accent slave assez notable pour donner aux mots un charme puissant et des intonations passionnées.

Le duc se retourna, souriant.

La princesse Katharina Bagration était une très jolie femme. Et à cet instant, allongée, avec ses cheveux défaits éparpillés sur les oreillers de dentelle, et encadrant son fin visage aux yeux immenses, elle avait l'air très jeune, beaucoup plus qu'elle ne l'était en réalité.

Elle avait à la fois le charme mystérieux de l'Orientale, la séduction de l'Andalouse et, habillée, l'élégance d'une Parisienne.

En la contemplant, le duc se disait qu'il n'était pas étonnant que le tsar Alexandre l'ait choisie pour l'espionner, comme il s'en était immédiatement rendu compte.

Ayant déjà mené à bien de nombreuses missions officieuses, il avait une longue expérience des intrigues diplomatiques et n'avait pas été surpris lorsque, quelques jours plus tôt, Lord Liverpool l'avait fait appeler.

– J'ai besoin de votre aide, Welminster. Je suis sûr que vous avez deviné où je vais vous envoyer? lui avait annoncé le Premier ministre sans autre préambule.

– En Russie?

– Exactement.

Le ministre des Affaires étrangères, Lord Castlereigh, était intervenu d'un ton irrité :

– Il faut découvrir au plus vite ce qui se passe, Welminster. Les rapports que je reçois sont tous contradictoires. C'est à devenir fou! Dès qu'il est question de ce pays, on a l'impression que tout le monde perd la tête.

Depuis quelques années, le tsar Alexandre Ier déconcertait non seulement l'Angleterre, mais l'Europe entière.

Napoléon lui-même n'avait pas réussi à le comprendre. La conduite d'Alexandre envers lui avait de quoi surprendre. D'abord sur la réserve, le Tsar avait été subitement fasciné par Napoléon, cela à l'époque où les exploits militaires de l'Empereur des Français avaient déjà bouleversé la carte de l'Europe.

Si Alexandre avait longtemps hésité à se joindre à la coalition européenne contre Napoléon, c'était en souvenir de la politique d'amitié avec la France qui avait été celle de son père, le tsar Paul, à qui Napoléon avait déclaré que la Russie et la France étaient appelées à se partager, un jour, la domination du monde. Mais quand Bonaparte avait dénoncé le traité d'Amiens, le souverain russe avait tout de même écrit que « Napoléon semblait devoir devenir l'un des plus terribles tyrans de l'Histoire ».

Et il avait fallu la bataille d'Austerlitz et la déroute de l'armée qu'il commandait en personne sous l'assaut de l'Armée française, pour qu'Alexandre perdît son enthousiasme. Il avait alors vingt-huit ans. Il s'était enfui, seul, du champ de bataille et s'était jeté sous un pommier pour pleurer de désespoir après la défaite.

Il avait bien essayé, par la suite, de rejeter la responsabilité de ce désastre sur les Autrichiens, mais les Russes avaient été à nouveau vaincus à Friedland.

Alors, à la grande surprise de son peuple, Alexandre avait signé un traité d'alliance avec la France et promis à Napoléon de participer au blocus continental dirigé contre l'Angleterre. Des décisions qui avaient rendu le Tsar très impopulaire dans son pays, ulcéré par tant de défaites succédant aux brillants succès du règne de la Grande Catherine.

En 1811, Alexandre avait cherché à regagner le cœur de son peuple, aussi avait-il refusé d'envoyer des soldats pour renforcer l'Armée française. Il avait aussi ouvert les ports de la Russie aux pays neutres et rompu le blocus continental.

– Je crois bien que si un conflit éclatait, la Russie

ne tiendrait pas longtemps devant la Grande Armée de Napoléon, avait dit au duc un jour, à Londres, un général anglais.

Et à cette époque, c'était aussi l'avis du duc. Mais depuis qu'il était en Russie, il commençait à voir la situation sous un autre jour. Il trouvait même que les arguments en faveur de la victoire de la Russie que donnait le gouverneur de Moscou, le comte Rostopchine, dans une lettre que le Tsar lui avait montrée la veille, étaient assez convaincants.

Le comte Rostopchine écrivait textuellement :

Votre Empire, Sire, a deux puissantes armes : l'immensité de son étendue et son climat. L'Empereur de toutes les Russies sera formidable à Moscou, terrible à Kazan et invincible à Tobolsk.

La voix de la princesse Katharina s'éleva de nouveau :

– Voulez-vous bien cesser de penser à la guerre, Blake ! Je peux vous proposer un sujet de conversation bien plus intéressant...

Debout devant le lit, le duc ne savait que trop à quoi elle pensait et, au lieu de céder à l'invite des belles lèvres qui s'offraient à lui, il répliqua :

– Vous devriez maintenant retourner dans vos appartements.

– Etes-vous si pressé que je vous quitte?

– Je pense à votre réputation.

La princesse éclata de ce joli rire en cascade qui était un de ses charmes.

– Vous êtes vraiment le premier homme qui la prenne autant en considération! Ou alors... c'est que vous vous ennuyez avec moi!

Elle dit cela du ton de quelqu'un qui n'en croit rien et le duc lui répondit avec un rien de cynisme :

– J'ai trop bon goût, chère Katharina.

– Et vous êtes très bel homme, mon cher. Tant de femmes ont déjà dû vous le dire! J'adore la beauté chez un homme et il n'existe pas d'amant plus merveilleux que vous.

Elle s'était mise à parler en français comme s'il lui était naturellement plus facile de parler d'amour dans cette langue. C'était d'ailleurs la langue de la noblesse à Saint-Pétersbourg, la culture française étant un critère social en Russie. Dès son arrivée, le duc avait été averti qu'ici on maudissait Napoléon et on pleurait Nelson tout en n'appréciant que ce qui était français. Un dîner qui n'était pas préparé par un chef français était exécrable, et on ne pouvait porter une robe si elle ne venait pas de Paris.

Le duc répondit donc en français :

— Vous êtes très belle, Katharina. Malgré cela, je persiste à penser que vous devriez terminer la nuit dans votre chambre.

La princesse eut une petite moue de dépit. Elle se pencha vers le duc, de façon à mettre en valeur la courbe de ses seins, et lui prit la main.

— Comme vous êtes sérieux... Trop sérieux! Pourquoi ne pas profiter de l'instant pour être heureux, tout simplement? Après tout, que vous importe la Russie?

— La Russie est notre alliée, même si elle n'est pas toujours très fidèle, rétorqua-t-il d'un ton grave.

Katharina rit doucement et dit en le regardant dans les yeux :

— Dites-moi donc ce que vous voudriez savoir sur « votre alliée »? Je vous répondrai avec autant de précision que je le pourrai.

Il sourit.

— J'en suis convaincu! Je me demande seulement combien ces renseignements me coûteraient...

Encore une fois, Katharina éclata de rire. Elle savait fort bien qu'il avait deviné pourquoi elle s'était jetée dans ses bras, flirtant outrageusement avec lui dès qu'il était entré au Palais d'Hiver. Elle l'avait su tout de suite, en le voyant si peu étonné lorsqu'elle avait poussé la porte secrète qui donnait dans sa chambre.

En fait, le duc s'attendait à cette visite et il n'avait été surpris que par le moyen utilisé par la princesse pour arriver jusqu'à lui.

Lord Castlereigh l'avait prévenu.

– Vous ne devez pas ignorer, lui avait-il dit, que le Tsar a l'habitude de faire espionner notre ambassadeur et tous les émissaires que nous envoyons en Russie par les jolies femmes de la Cour. Mais cela n'est sûrement pas nouveau pour vous, Welminster.

– Je dois reconnaître que ça m'est déjà arrivé, avait-il répondu en souriant. Et je m'attends à ce genre de surveillance à Saint-Pétersbourg, car les femmes de la Cour du Tsar ont une réputation de grande beauté.

– Prudence! Soyez vigilant...

Le duc avait haussé un sourcil interrogateur :

– Vigilant à ne pas livrer des secrets d'Etat que la Russie connaît aussi bien que nous, j'en suis persuadé, ou bien à ne pas me laisser voler mon cœur?

– Je n'avais pas pensé à cette dernière éventualité, voyez-vous... avait avoué Lord Castlereigh non sans ironie.

Le duc s'était donc attendu à être pris d'assaut par une femme enchanteresse. Mais il était particulièrement reconnaissant au Tsar du choix qu'il avait fait. Il se trouvait que le duc savait beaucoup de choses sur la princesse Bagration.

Comtesse mi-polonaise, mi-russe, épouse d'un général de vingt ans plus âgé qu'elle, Katharina avait du sang royal dans les veines et elle avait accès, avec son mari, aux plus hautes sphères de la Cour de Russie. Aussi intelligente que belle, elle avait quelque chose de mystérieux qu'elle devait à ses lointaines ascendances mongoles et son type oriental la faisait remarquer même au milieu des plus fascinantes beautés. Elle était vraiment unique.

C'était le Tsar en personne qui avait eu l'idée d'employer cette turbulente et séduisante jeune femme comme espionne et qui en avait donné le conseil aux ministres de la Police et des Affaires étrangères. Quant au duc, il avait appris l'histoire de Katharina pendant sa première mission

La princesse avait reçu l'ordre de séduire le comte de Metternich quand il avait été envoyé par l'Autriche comme délégué à Dresde. C'était alors un tout jeune homme à peu près inconnu, mais les milieux diplomatiques russes estimaient qu'il avait infiniment plus d'importance qu'il n'y paraissait. Il était, en effet, signalé dans les dossiers du Kremlin comme un intime de l'Empereur d'Autriche et on lui attribuait le mérite d'avoir provoqué l'échec de Thugut.

La très jeune princesse Katharina Bagration, ayant pour elle sa beauté et une intelligence machiavélique dissimulée derrière son innocent visage, était donc allée sonner à la porte de la délégation à Dresde. Le hasard avait voulu qu'au moment précis où les laquais lui avaient ouvert, le comte de Metternich se trouvât dans le vestibule, attendant avec impatience l'arrivée d'un courrier impérial porteur d'importantes nouvelles.

Au lieu du courrier il avait vu une fine silhouette féminine absolument ravissante, debout dans la vive lumière du soleil que laissait entrer la porte ouverte. A contre-jour, on voyait son jeune corps gracieux à travers la mousseline vaporeuse, presque transparente, de sa robe.

Le comte de Metternich était resté pétrifié devant cette merveilleuse apparition. Par la suite, il avait confié à l'un de ses amis intimes, qui l'avait répété au duc de Welminster, qu'elle lui avait fait l'effet d'être « un bel ange nu ».

C'était ainsi que le jeune diplomate autrichien et l'agent secret de la Russie avaient eu le coup de foudre l'un pour l'autre.

Tout Dresde n'avait bientôt parlé que de cet amour violent et passionné et, trois mois après leur première rencontre, Katharina attendait un enfant.

Tous ces détails avaient été consignés dans les dossiers des services secrets britanniques. Bien entendu, le duc qui s'informait toujours parfaitement sur les personnes qu'il risquait de rencontrer, les avait consultés avant de partir. Et dès qu'il avait été présenté à la princesse Katharina Bagration, au Palais d'Hiver, il s'était souvenu de l'affaire de l'enfant de Metternich.

A Dresde, on s'était demandé comment la chose finirait. Mais le Tsar, désireux de sauvegarder la réputation de son bel agent secret, avait mis fin à toutes les spéculations en intervenant lui-même.

Sur l'ordre du souverain, tout était rentré dans l'ordre : le vieux général Bagration avait annoncé que son union avec Katharina avait été bénie par le ciel et qu'elle allait lui donner un héritier. Une petite fille était née, reconnue par le général comme sa fille légitime.

Le bébé avait été confié à la comtesse de Metternich qui était une femme aussi bonne et patiente qu'une épouse amoureuse et compréhensive. Metternich ne se sentait aucune responsabilité envers les enfants de l'amour qu'il pouvait avoir. Tout ce qui comptait pour lui était d'éviter le scandale public. Ce qu'on murmurait tout bas le laissait indifférent.

Il y avait dix ans de cela. Mais le duc était convaincu que si le Tsar avait précisément choisi Katharina plutôt qu'une autre pour le faire espionner, c'était parce qu'elle avait particulièrement bien réussi avec le diplomate le plus célèbre de l'Europe. Les services secrets russes, qui ne négligeaient rien pour être efficaces, avaient dû noter qu'il était le plus grand coureur de jupons parmi les célibataires anglais. Et il pensait avec humour que s'ils avaient consigné toutes les liaisons qu'il avait eues dans sa vie, ils avaient certainement rempli plusieurs gros dossiers.

Tout cela ne l'empêchait nullement d'apprécier la science amoureuse de Katharina et de trouver que cette aventure était l'aspect le plus délicieux de sa mission à Moscou.

Le duc était capable de se montrer brutal, presque grossier avec une femme qui ne lui plaisait pas. Il n'aurait pas eu le moindre scrupule à fermer la porte au nez de Katharina, si elle n'avait pas eu ces manières raffinées qu'il exigeait dans les relations amoureuses. Mais, comme beaucoup d'autres avant lui, elle l'avait séduit. Elle était irrésistible.

Couché près d'elle dans le somptueux lit en bois sculpté et doré de la chambre du Palais, décorée dans le style français et d'un luxe inouï, il avait songé que l'amour de Katharina était en harmonie avec la culture qui avait créé le décor recherché de cette chambre, ses étoffes précieuses et ses tableaux de maîtres. Il avait aussi pensé qu'à l'époque où Katharina avait conquis le cœur de Metternich, elle était extrêmement jeune et qu'il était fort possible qu'il ait été son premier véritable amour. Tandis qu'aujourd'hui, c'était une femme dans son plein épanouissement, rompue à la vie mondaine. Polie comme une pierre précieuse, parfaite, elle avait un éclat qui attirait l'admiration et les désirs masculins, qu'elle savait manier avec une dangereuse intelligence.

Leur conversation, spirituelle et effrontée, était une sorte de duel auquel le duc prenait un vif plaisir tout en sachant qu'elle ne cherchait qu'à exercer une tyrannie physique sur lui.

Tandis qu'il la contemplait de ses yeux gris et pensifs, elle se rejeta en arrière et s'allongea sur le lit puis, de ses longs doigts minces, elle saisit le drap brodé et le remonta jusque sous son menton.

Elle le provoquait mais il y avait, dans ce simple geste, autant de modestie apparemment naturelle que de défi, et tout cela si bien dosé que le duc ne put que s'incliner devant la maîtrise de la jeune femme.

– A quoi pensez-vous, Katharina, lorsque vous ne « travaillez pas »? se risqua-t-il à lui demander.

Elle le considéra un instant d'un air dubitatif, ne sachant pas trop à quoi s'en tenir. Puis elle décida de ne pas feindre d'ignorer le sous-entendu qu'impliquaient ces paroles.

– Pour le moment, je pense à vous et il n'y a aucune raison pour que je pense à moi, dit-elle lentement.

C'était une réponse subtile. Elle ne pouvait évidemment pas penser à autre chose qu'à lui, puisqu'elle était là sur les ordres du Tsar. Cependant, quand elle n'avait plus à suivre les instructions du Tsar, il était certain qu'elle laissait son tempérament violent et passionné prendre sa revanche.

Il jeta un coup d'œil à la pendule en or incrusté de diamants, posée sur la cheminée. C'était l'une parmi les centaines de pendules toutes plus merveilleuses les unes que les autres qui décoraient les grands appartements du Palais d'Hiver et qui faisaient partie de la collection constituée par Pierre le Grand. Il n'en fallait pas moins pour les trois étages d'appartements qui étalaient leur luxe sur près d'un kilomètre de long.

– Il est cinq heures du matin. Dans quatre heures, je prends le petit déjeuner avec le Tsar. Et je veux dormir avant, Katharina, déclara-t-il d'un ton ferme.

Comprenant qu'il était inutile d'essayer de résister plus longtemps, elle sourit et se leva. Elle semblait avoir oublié sa nudité tant ses mouvements étaient gracieux et naturels. Sans se presser, elle se dirigea vers la chaise où elle avait abandonné le somptueux déshabillé de satin et de dentelle dont elle était vêtue en entrant.

Elle avait l'allure d'une enfant, mais son corps de statue était bien celui de « l'ange nu » aux formes infiniment féminines que Metternich avait décrit avec enthousiasme.

Quand elle eut passé le déshabillé, elle glissa ses pieds menus dans des mules de velours rebrodé de perles. Puis, elle dit d'une voix douce :

– Dormez bien, mon bel Anglais adorable! Je vais compter les heures en attendant votre prochain baiser...

Et, avant de se retourner pour traverser la pièce, elle lui décocha un sourire dont l'éclair donna, un court instant, une expression diabolique à son joli visage.

Katharina effleura du doigt le panneau secret et le mur s'ouvrit devant elle.

Elle s'engouffra dans l'obscurité et disparut sans se retourner. Presque aussitôt, le panneau mobile reprit sa place dans la boiserie.

Le duc resta un moment à réfléchir, assis dans un fauteuil. Puis il se mit au lit et ferma les yeux. Mais le sommeil semblait le fuir. Il ne songeait plus du tout à Katharina, ni à la flamme qu'elle avait éveillée en lui. Il pensait à la situation de la Russie, à la guerre, à la Grande Armée forte de ses six cent mille vaillants soldats et à l'impressionnante menace qu'elle représentait.

Il pesait les arguments favorables et défavorables. « Un tiers de ces soldats sont des conscrits recrutés contre leur volonté dans les provinces germaniques, c'est un fait non négligeable », pensa-t-il.

Dès son arrivée en Russie, on lui avait parlé de l'accablement qui s'était emparé du Tsar en apprenant que Napoléon avait décidé d'emmener son armée jusqu'à Moscou. Qui aurait jamais imaginé que l'Empereur oserait attaquer la très sainte et très ancienne capitale de la Russie? La perspective du carnage que provoquerait certainement le siège de la ville épouvantait le Tsar.

Le duc avait compris que tout ce qui laissait encore un peu d'espoir au cœur des Russes était que le Tsar ne fût pas sur les champs de bataille. Ayant conduit tant de fois ses armées au désastre, Alexandre avait la réputation d'être un chef militaire déplorable et tout échec lui était d'avance imputé.

Ce qu'on disait de Koutouzov, parmi les fonctionnaires du Palais Impérial, était plus rassurant : malgré tous ses défauts et toutes ses lacunes, le vieux général avait du bon sens et de l'expérience. On le prétendait lent mais tenace, paresseux mais intelligent et réfléchi, froid mais plein d'astuce.

Le duc de Welminster s'était empressé d'expédier par courrier spécial un message codé à Londres avec ces diverses informations.

– L'ennui, avec la Russie, murmura-t-il finalement, c'est que c'est toujours l'imprévisible qui arrive! Il y a au moins un avantage à cela : mon séjour ne risque pas d'être monotone...

Il s'en réjouit avec ce cynisme qui lui était habituel. Et, sur cette agréable pensée, il sombra dans le sommeil.

A neuf heures précises, le lendemain matin, le duc fut introduit dans les appartements privés du Tsar.

Pour y parvenir, il avait dû parcourir des kilomètres de salles et de galeries meublées et décorées avec une somptuosité et un luxe qui dépassaient tout ce qu'il avait vu et même imaginé jusqu'ici. Il avait pourtant été préparé à cette profusion de richesses et d'œuvres d'art par tous les récits que les uns et les autres lui avaient faits à Londres, avant son départ.

Le Palais d'Hiver avait été construit, sur l'ordre de l'extravagante impératrice Elisabeth, pour remplacer l'ancien Palais de bois bâti par Pierre le Grand. Elle avait eu recours à Rastrelli, son architecte favori, qui avait dessiné un plan couvrant une surface gigantesque. Les bâtiments s'élevaient sur trois étages et comprenaient cent dix-sept escaliers et mille cinquante pièces.

En prenant le pouvoir, la Grande Catherine avait fait édifier un Palais d'Été, à l'imitation du château de Versailles, mais avec l'intention de le surpasser. Elle avait fait ajouter de nouveaux bâtiments au Palais d'Hiver afin de disposer pour elle d'appartements particuliers qui, plus tard, allaient devenir le musée de l'Ermitage.

Les deux groupes de bâtiments du Palais d'Hiver et de l'Ermitage avaient été reliés par des galeries et un jardin d'hiver chauffé pendant la saison froide, afin que la végétation et les oiseaux exotiques amenés là puissent y vivre. De plus, pour orner ses palais, l'Impératrice avait donné ordre à ses ambassadeurs à Paris, Rome et Londres de faire des achats massifs d'œuvres d'art de tous les styles et de toutes les époques. Elle avait ainsi réuni une collection extraordinaire où figuraient les chefs-d'œuvre des grands maîtres de la peinture comme Rembrandt, Tiepolo, Poussin ou Van Dyck.

Le duc n'avait pas le temps, ce matin-là, de les contempler. Il leur avait seulement jeté un coup d'œil admiratif au passage. D'ailleurs, il ne pensait qu'à l'avance foudroyante de Napoléon et, devant ces trésors, il n'avait eu qu'une idée : « Ce serait une catastrophe s'ils devaient être perdus et détruits par la guerre... »

Les portes des appartements privés du Tsar étaient gardées par des grenadiers de la Garde d'Or. Choisis pour leur haute taille, ils avaient plus d'allure que tous les autres soldats de l'Armée russe, avec leur grand bonnet à poil et leur uniforme rutilant : culottes blanches, guêtres et tunique noire gansée de rouge et or à manchettes dorées, et sur laquelle étaient passés le baudrier et la cartouchière marqués de l'aigle à deux têtes. Les deux grenadiers saluèrent le duc – le Tsar l'attendait.

Grand et blond, Alexandre avait la beauté d'un héros de légende, ce qui expliquait en partie pourquoi les Russes s'étaient attendus à ce qu'il les sauve de toutes leurs misères, lorsqu'il était monté sur le trône, à l'âge de vingt-quatre ans.

Et pourtant... le jour de son couronnement, en 1801, un témoin avait pu écrire qu'il s'était avancé « précédé par des hommes qui avaient assassiné son grand-père, escorté par ceux qui avaient assassiné son père et suivi par d'autres qui ne se seraient pas fait prier longtemps pour l'assassiner lui-même »...

Un des amis du duc lui avait rapporté que, lorsque le jeune Tsar avait appris la mort atroce de son père, il avait éclaté en sanglots, répétant à son épouse : « Je n'aurai jamais la force de régner... Ah, si quelqu'un d'autre pouvait prendre ma place! » Depuis ce jour, le Tsar était hanté par l'image hallucinante du corps de son père mort étranglé.

Le duc avait approché le Tsar, à titre personnel, pendant plusieurs années, aussi le connaissait-il bien : il savait que c'était une âme angoissée et vite tourmentée. Un aspect de son tempérament qui n'avait pu que s'accroître avec les années.

Ce matin-là, il trouva le Tsar dans un état de profonde dépression, parlant avec nervosité et de façon un peu incohérente. Il lui souhaita la bienvenue d'un air sombre et annonça aussitôt :

– Les nouvelles sont mauvaises... très mauvaises!

– Qu'avez-vous appris de nouveau, Sire? s'enquit le duc.

– Napoléon se dirige bien vers Moscou! C'est ce qu'on dit. Sans en être certain... En fait, personne ne sait ce qui se passe exactement.

Cette étrange déclaration ne surprit pas le duc

qui savait déjà qu'en Russie, les moyens de communication étaient insuffisants. Rien n'existait pour assurer des liaisons régulières entre le Tsar et l'Armée et tout était laissé au hasard en ce domaine, comme en bien d'autres dans ce pays.

Ils s'assirent devant la table du petit déjeuner sur laquelle étaient disposés, entre autres, les trois pains traditionnels. Parmi ces trois sortes de pain, il y avait le *kalatch*, blanc et très léger, que l'on mangeait chaud. Pour qu'il soit parfaitement bon, on le faisait avec de l'eau de la Moscova transportée jusqu'à Saint-Pétersbourg. Selon une habitude qui datait du siècle précédent, on n'utilisait d'ailleurs que l'eau de ce fleuve dans tous les palais de Saint-Pétersbourg.

Pendant le déjeuner, le Tsar ne dit pas un mot des opérations de son armée et de la stratégie du général Koutouzov. Au lieu de cela, il ne fit que citer des passages de la Bible. Puis, comme le duc semblait surpris, Alexandre changea de sujet et annonça :

– Savez-vous ce que j'ai appris, hier? Que mon vieil ami le prince Alexandre Golitzen est un traître!

– C'est impossible! se récria le duc qui connaissait bien le prince Golitzen.

– Comme vous, j'ai d'abord refusé de le croire mais on m'a affirmé qu'il était en train de faire bâtir un superbe palais pour y héberger Napoléon, dit le Tsar à voix basse.

– Ce ne sont que des calomnies...

– Je me suis immédiatement rendu en personne chez Golitzen, pour lui demander comment il osait entreprendre la construction d'un palais en des temps aussi troublés.

– Que vous a-t-il répondu, Sire? demanda le duc, dont la curiosité était attisée.

– « Votre Majesté n'aurait pas à redouter une

invasion, si elle croyait en la Providence. » Voilà ce qu'il m'a répondu.

Le duc ne fit aucun commentaire, attendant que le Tsar poursuive :

– Il est allé chercher une grosse Bible qu'il a laissée tomber sur le sol. Elle s'est ouverte à la page du Psaume 41.

Le Tsar se tut un instant et le duc avoua :

– Je crains, Sire, d'avoir oublié ce Psaume...

– « Pourquoi te troubler, ô mon âme? Pourquoi cette agitation en moi? Aie confiance en Dieu car je le louerai encore : Il est mon salut et mon Dieu », scanda solennellement le Tsar qui ajouta : Golitzen m'a fait comprendre que c'était un message que Dieu m'adressait directement. Ce ne peut être par hasard que la Bible s'est ouverte à cette page, conclut-il avec conviction.

– J'espère que le prince Golitzen a raison, répondit le duc, impassible.

– Mais j'en suis certain! J'ai passé la nuit à lire la Bible et à méditer sur notre situation. Je crois fermement que nous serons sauvés.

Le duc réprima son envie de faire remarquer au souverain que les Russes n'avaient tant besoin de l'aide de Dieu que parce qu'ils ne pouvaient compter sur la force de leurs armées. Il se souvenait d'un rapport qu'il avait lu avant de quitter l'Angleterre, écrit en 1810 par Clarke, un Anglais ayant visité la manufacture d'armes de Tula.

« L'outillage est mal conçu et mal entretenu, disait ce rapport. Tout est détraqué et l'on voit des ouvriers aux longues barbes qui restent là à se regarder pendant des heures en se demandant ce qu'ils doivent faire maintenant... Pendant ce temps, contremaîtres, intendants et directeurs s'enivrent et ronflent. En dépit de cela, ils ont la prétention de fabriquer treize cents fusils par semaine. »

Lorsque, après cette lecture, le duc avait demandé quelle était la véritable production, on lui avait répondu qu'on n'en avait aucune idée. On savait seulement que les fusils des Russes étaient très lourds, qu'ils faisaient long feu cinq fois sur dix et qu'ils avaient tendance à exploser.

Le duc avait aussitôt pensé que les espions français avaient dû fournir les mêmes renseignements à Napoléon. Et il était probable qu'en décidant d'envahir la Russie, celui-ci avait escompté que son armée admirablement organisée et équipée d'un armement moderne ne rencontrerait pas une bien terrible résistance. Mais à quoi bon confier tout cela au Tsar, maintenant? Mieux valait orienter la conversation vers d'autres sujets et ne pas plonger le « Petit Père » d'un si grand pays dans un complet désespoir. Cela n'aurait servi à rien.

– Les choses finiront peut-être par tourner mieux qu'on ne le croit, déclara donc le duc du ton le plus optimiste possible.

Mais plus tard, il se rendit compte que les familiers du souverain et les membres de la famille royale qui séjournaient au Palais d'Hiver éprouvaient tous les mêmes appréhensions que lui. L'atmosphère était même si déprimante qu'il ne songea plus qu'à le fuir. Et il décida d'aller rendre visite à la princesse Ysevolsov qu'il connaissait depuis de longues années.

En arrivant au Palais d'Hiver, le duc de Welminster avait trouvé une lettre de la princesse. Dans son style fleuri, elle le priait de toute sa vieille amitié de venir la voir dès qu'il le pourrait.

« Naturellement, mon pauvre mari est absent, écrivait-elle. Il fait son devoir sur les champs de bataille. Mais je serai là pour vous recevoir à bras ouverts, vous, notre meilleur et plus cher ami anglais. Il faut aussi que vous fassiez la connaissance de ma petite Tania. La dernière fois que vous l'avez vue, elle n'avait qu'une dizaine d'années. C'est aujourd'hui une belle jeune fille et, dès que cette maudite guerre sera finie, je compte bien l'emmener à Londres pour la présenter à vos amis et l'accompagner au Palais de Buckingham afin qu'elle y fasse sa plus belle révérence à la Reine. »

Le duc savait lire entre les lignes et dans la missive de la princesse Ysevolsov, il avait découvert toute sorte de choses fort intéressantes.

Le prince Ysevolsov était l'un des hommes les plus riches de Russie. Il possédait, comme toutes les grandes familles de l'aristocratie, d'immenses propriétés et une foule innombrable de serfs – vingt-cinq mille, disait-on – dispersés sur ses domaines, un peu partout dans le pays. Tous ne travaillaient pas la terre. Il y avait aussi d'habiles orfèvres, des menuisiers, des sculpteurs sur bois précieux et même des danseurs formant un corps de ballet pour le théâtre privé du prince.

Ce théâtre était destiné à égayer encore les magnifiques réceptions que donnaient le prince Ysevolsov et son épouse, cette dernière étant la plus étonnante de toutes les merveilles dont il était propriétaire.

La princesse n'était pas russe à cent pour cent, ayant des origines également autrichiennes et anglaises. Et elle avait souvent confié au duc qu'elle espérait que ses enfants n'épouseraient pas des Russes.

Voilà pourquoi celui-ci avait souri en lisant les quelques lignes où la princesse lui vantait les charmes de sa fille Tania.

Membre influent et richissime de l'aristocratie anglaise, le duc représentait un excellent parti pour cette jeune fille dont le père était un personnage important et l'un des hommes les plus riches de la noblesse russe. Malheureusement, la princesse allait être déçue car le duc tenait par-dessus tout à rester célibataire. A trente-trois ans, il avait réussi, non sans mal, à conserver sa liberté et il était plus que jamais résolu à la défendre.

Ce jour-là, il se disait encore une fois que pour

rien au monde il ne laisserait le mariage le priver de ces délicieuses aventures galantes dont ne peuvent jouir que les célibataires. Aventures dont la nuit divine qu'il venait de passer avec Katharina était un épisode exquis entre tous.

Il pensa, amusé, que la belle Katharina devait être en train de se faire questionner par le Tsar, le ministre des Affaires étrangères ou quelque autre personnage important, anxieux de connaître les renseignements qu'elle aurait dû lui soutirer au cours de la nuit précédente.

Il s'était bien gardé de lui révéler quoi que ce soit qui n'ait été publié dans tous les journaux, mais il faisait confiance à la jeune femme : elle trouverait à coup sûr dans sa luxuriante imagination de quoi satisfaire ces messieurs.

Au déjeuner, il avait aperçu Katharina de loin, très séduisante dans une robe d'un chic indiscutablement parisien. Quant aux somptueux bijoux dont elle était couverte, ils ne lui avaient certainement pas été offerts par son vieil époux dont l'absence était si commode.

A la fin du repas, quand tous les convives s'étaient levés de table dans la vaste salle, leurs regards s'étaient cherchés. Dans les yeux de Katharina, le duc avait lu clairement son ardent désir et compris qu'il lui suffirait de lever le petit doigt pour qu'elle vienne le rejoindre. Et ce regard-là l'avait décidé à sortir sans répondre à l'appel de la jeune femme. Il tenait à accomplir sa mission sans retard et à ne pas se laisser gêner par des considérations personnelles. Remettant à plus tard ses ébats amoureux avec Katharina, il avait résolu de partir tout de suite à la recherche des informations qu'il ne pouvait glaner qu'auprès de ceux qui ne vivaient pas au Palais Impérial.

Il s'engagea donc dans le vaste escalier de marbre bordé de piliers blancs à dorures et traversa rapidement le grand vestibule pour gagner la porte.

Il réclama au laquais de service l'un des *drotski* que le Tsar tenait en permanence à la disposition de ses invités. Il indiqua au cocher l'adresse du palais Ysevolsov, les chevaux s'élancèrent et il se retrouva enfin dehors, dans la lumière de l'été.

Il faisait une chaleur exceptionnelle, même pour le mois d'août. Il n'y avait pas un souffle de vent, l'air semblait immobile et le fleuve n'apportait aucune fraîcheur. Les larges avenues qu'avait fait dessiner Pierre le Grand étaient presque désertes.

Très vite, le *drotski* le déposa devant le palais du prince Ysevolsov. Il entra dans un somptueux vestibule et suivit un laquais dans un escalier à double évolution jusqu'à un palier décoré de porcelaines chinoises placées dans des vitrines.

Ils traversèrent ensuite l'immense salon qui pouvait aisément contenir plus de deux cents invités et, alors que le duc pensait que le laquais lui demanderait d'attendre là, celui-ci déclara en français avec un accent épouvantable :

– Madame la Princesse est dans la salle du théâtre, monsieur.

Le duc le suivit dans un dédale de pièces toutes plus magnifiques les unes que les autres et ils arrivèrent enfin en haut d'un extraordinaire petit escalier de malachite scintillante. Ils descendirent à l'étage inférieur où avait été aménagé le théâtre.

Dieu sait que Welminster avait entendu vanter le théâtre privé du prince Ysevolsov, mais il ne s'attendait tout de même pas à la beauté féerique de ce qu'il découvrit lorsque le valet ouvrit une porte blanche et or et l'introduisit dans une vraie loge royale.

Le théâtre était tout petit, juste assez vaste pour une centaine de personnes. On avait l'impression d'entrer dans une maison de poupée installée à l'intérieur du palais et pourtant, il avait tout le charme et la solennité d'un théâtre impérial.

Dans les loges, il y avait des chaises légères,

laquées blanc et or, et dans l'hémicycle, des sièges de velours cramoisi comme ceux de la loge où il venait de pénétrer.

Le valet ne l'annonça pas. Le duc resta debout et contempla les lieux sans rien dire, émerveillé. Assise devant lui, la princesse lui tournait le dos, trop absorbée par le spectacle qui se déroulait sur la scène pour l'avoir entendu entrer. Elle ne se retourna pas.

Quelques musiciens jouaient dans la fosse d'orchestre et, sur la scène, une jeune fille dansait.

Le duc se demanda si c'était là une des danseuses du corps de ballet du prince, ou bien un membre de sa famille, car sa passion du théâtre était si forte qu'il jouait lui-même la comédie et qu'il exigeait que les siens en fissent autant pour lui donner la réplique. Le duc se souvenait vaguement que la princesse lui avait un jour raconté cela, et comme il détestait les spectacles amateurs, il fut heureux de voir la jeune fille plonger enfin en une profonde révérence à l'avant de la scène et courir vers les coulisses.

Il s'apprêtait à s'avancer pour saluer la princesse, mais avant qu'il ait eu le temps de faire un geste, l'orchestre avait commencé un nouveau morceau et une seconde danseuse apparaissait. Il ne lui restait qu'à ronger son frein un moment encore.

La nouvelle ballerine faisait des pointes. Elle portait le costume classique des danseuses russes : son tutu long et souple descendait presque jusqu'à ses chevilles et son corsage ajusté, profondément décolleté, mettait en valeur ses bras nus et son gracieux cou de cygne.

La veille, le duc s'était terriblement ennuyé pendant le ballet auquel il avait été contraint d'assister, au grand théâtre du Palais d'Hiver. Mais ici, il trouvait la musique bien plus originale. Il se détendit et l'art de la danseuse lui parut bientôt d'une exceptionnelle qualité.

Oubliant son impatience, il la suivit très attentivement des yeux. La manière de danser de cette jeune fille n'avait rien de traditionnel; jamais il n'avait vu un style aussi expressif.

Welminster, passionné de musique, était un connaisseur très averti. Celle-ci, à la fois étrange et mélodieuse, ne semblait pas être l'œuvre d'un compositeur russe. Elle était d'une rare beauté. Il se mit à l'écouter avec un intérêt sans cesse accru, ce qui l'amena à observer la jeune danseuse avec une sorte de fascination.

Elle évoluait avec une spontanéité et une allégresse tout à fait nouvelles au théâtre. Cette danseuse était sans conteste différente de toutes les autres. Il n'aurait su dire pourquoi avec précision. Il le sentait à la grâce particulière de ses mouvements, à son style unique.

Décidément, la Russie lui réservait bien des surprises! Il se sentait en parfaite communion artistique avec cette musique et ce spectacle qui éveillaient au fond de son âme des sentiments qu'il avait crus depuis longtemps oubliés.

Tout jeune, la poésie et la musique le bouleversaient. Mais avec les années, cette émotion s'était émoussée. Là comme ailleurs, il était devenu blasé, insensible. Certes, il savait apprécier les subtilités de ces arts, mais sans plus jamais être capable de l'enthousiasme de sa jeunesse.

Et voilà que dans cette loge, inexplicablement, les émotions d'autrefois revenaient... Etait-ce son esprit qui était touché? ou bien son âme? ou son cœur? Qu'est-ce qui, en lui, s'envolait au son de la musique, lui donnant le vertige tandis que cette danse pleine de grâce et de joie le plongeait dans l'extase?

Quelle était cette émotion mystérieuse qui l'emportait dans le monde inconnu où se mouvait la ballerine, parmi les arbres en fleur dans un paysage printanier? Il croyait voir des papillons et des oiseaux voleter autour de la jeune fille, sous un ciel d'un bleu radieux. Il était emporté ailleurs, sous l'effet d'un véritable sortilège.

Et lorsque la musique s'arrêta, et que la danseuse fit la traditionnelle révérence, lorsqu'il comprit que le spectacle était fini, il se sentit comme dépossédé de quelque chose de très précieux.

Les rideaux de velours rouge se refermèrent puis se relevèrent sur les deux ballerines qui saluèrent ensemble, cette fois, en se tenant par la main.

Etant la seule spectatrice, la princesse était la seule qui pût applaudir et elle le fit avec beaucoup d'enthousiasme, s'écriant avec ferveur :

– Excellent! Vous avez été très bonnes toutes les deux! Bravo! Allez vite vous changer et venez me retrouver au salon blanc!

Les deux jeunes filles disparurent derrière le rideau et elle s'aperçut enfin de la présence de Welminster dans la loge.

Elle poussa un cri de joie, se leva et lui tendit les mains.

– Blake! Vous êtes venu! Comme je suis heureuse de vous voir!

– Moi aussi, Sonya, je suis très heureux de vous revoir. Dites-moi, qui sont donc ces deux ravissantes créatures? Elles m'ont médusé!

– La première était ma petite Tania que j'ai tant envie de vous faire rencontrer. Vous la verrez tout à l'heure et vous pourrez constater qu'elle mérite mille fois les éloges que je fais d'elle et même davantage!

Tout en parlant, la princesse avait pris le bras du duc et l'entraînait vers la porte, au fond de la loge. En mettant le pied sur la première marche de l'escalier de malachite, il demanda :

– Et l'autre danseuse?

La princesse Ysevolsov marqua un temps d'arrêt et répondit d'un ton désinvolte :

– L'autre?... Oh, ce n'est que Zoia!

2

Il allait demander quel était le nom de famille de Zoia, mais la princesse ne lui en laissa pas le temps et enchaîna :
- Comme nous tous, ici, vous devez mourir de chaleur! Jamais nous ne restons à Saint-Pétersbourg en cette saison. Mais comme le Tsar n'a pas quitté le Palais d'Hiver, nous ne pouvons aller à la campagne, nous aurions l'air de l'abandonner...

Il la suivit à travers les salles somptueuses qu'il avait traversées quelques instants plus tôt, jusqu'aux portes – que les laquais ouvrirent – d'un immense salon où tout, absolument tout, était blanc, du marbre de la cheminée à la soie chinoise des rideaux sous les lambrequins immaculés à frange dorée.

Welminster vit tout de suite la théière d'argent, étincelante sur le plateau posé sur une table basse, près d'un sofa. La princesse sourit.
- Le thé anglais à cinq heures! dit-elle. J'en ai pris l'habitude quand j'étais en Angleterre et beaucoup de personnes suivent mon exemple, ici, à Saint-Pétersbourg. Malheureusement, je ne puis vous offrir de muffins, mais j'espère que vous trouverez les *blinis* à votre goût.

Le duc connaissait ces petites crêpes de blé noir que l'on mange fourrées de caviar avec de la crème fraîche. Aussi assura-t-il sans mentir qu'il aimait beaucoup cela.

Il s'assit dans un confortable fauteuil et observa la princesse qui remplissait sa tasse. Elle le faisait avec les mêmes gestes que sa mère, là-bas en Angleterre.

– Savez-vous combien de temps vous allez rester avec nous? demanda-t-elle.

– Je crois que les nouvelles du front en décideront pour moi.

Elle haussa les épaules.

– Tout ira très bien maintenant que le général Koutouzov dirige les opérations. Avec lui, nous vaincrons!

Le duc la trouva bien optimiste, mais cela le changeait de l'abattement qui régnait au Palais d'Hiver.

– Je l'espère, répondit-il, prudemment. Vous devriez bien aller le dire au Tsar.

– A quoi bon? Vous savez très bien, Blake, que rien ne fait davantage plaisir aux Russes, en période de crise, que de gémir et se désespérer. Mon époux est exactement pareil. Avec lui, je me contente d'attendre que le soleil revienne.

Il se mit à rire.

– Voilà la philosophie limpide d'une bien jolie philosophe!

Ce n'était pas une flatterie. Il suffisait de regarder la princesse pour voir que c'était là un compliment mérité. Lorsque le prince Ysevolsov l'avait épousée, elle était la beauté la plus éblouissante de la Cour de Vienne. Cette beauté, loin de s'être fanée avec les années, semblait au contraire plus lumineuse encore.

On sentait en elle une grande énergie et le duc la soupçonnait de mener son mari par le bout du nez: « La manière dont elle gouverne sa maison ne doit rien avoir de russe », pensait-il. Car en général, les Russes aimaient que leurs épouses soient douces, féminines et sans initiative. Mais aujourd'hui, beaucoup de femmes suivaient l'exemple de leurs deux impératrices, Elisabeth et Catherine, qui avaient eu une si fantastique autorité.

La princesse n'était pas russe et le duc se rendait compte qu'elle prenait un malin plaisir à décrier la nation qui était devenue la sienne par son mariage. Sans doute, était-ce sa manière de montrer qu'elle n'attachait pas plus d'importance qu'il ne le fallait à la haute position de son époux ?

Le prince était un homme facile à vivre. Il avait un caractère agréable, aimait avoir la paix chez lui et la paix dans son pays. Le duc était convaincu qu'il faisait son devoir de soldat uniquement par patriotisme et qu'il n'était pas à la guerre par plaisir.

La princesse lui parlait de Londres et lui demandait des nouvelles des amis qu'elle y avait, lorsque la porte s'ouvrit. Les deux jeunes filles qu'il venait de voir danser entrèrent.

Tania s'avança la première. Elle était réellement aussi ravissante que l'avait affirmé sa mère un instant plus tôt. Ses cheveux étaient très noirs, sa peau très blanche, ses yeux immenses, et sa petite bouche aux lèvres pleines souriait.

En la regardant plonger dans une élégante révérence, il pensa que cette jeune fille aurait beaucoup de succès à Londres.

– Et voici Zoia, dit la princesse. Nous l'avons amenée avec nous pour que Tania perfectionne son français avec elle.

Le duc se tourna vers Zoia, certain que l'étrange impression qu'il avait éprouvée en la regardant danser n'avait aucune raison de renaître. Il préférait que ce fût une illusion provoquée par la chaleur ou par les vins généreux qu'il avait bus au déjeuner.

La silhouette gracile s'inclina gracieusement devant lui et, quand elle se redressa, il ne put s'empêcher de la regarder au fond des yeux, invinciblement attiré par les prunelles violettes qu'elle levait vers lui.

Décidément, Zoia était différente de toutes les femmes qu'il avait rencontrées jusque-là. Elle était belle, mais beaucoup d'autres l'étaient aussi. Sa beauté n'avait rien d'agressif. Elle était même moins éclatante que celle de Tania. Mais dans la perfection classique de son visage au petit nez aquilin, aux lèvres au dessin idéal, il y avait quelque chose qui rappelait au duc les plus merveilleuses têtes de statues antiques qu'il avait tant admirées lors de ses séjours en Grèce et dont il avait rapporté quelques spécimens chez lui. Zoia dégageait même cette impression de spiritualité et de pureté que donnent les statues qui ont été vénérées dans le passé parce qu'on leur attribuait un caractère sacré.

Brusquement, le mot s'imposa à son esprit : « Sacrée, oui, c'est bien cela », se dit-il. Elle était rayonnante. Debout en face de lui, elle le regardait et une aura de lumière semblait l'entourer.

Il se rendit alors compte qu'ils se fixaient ainsi depuis un moment sans pouvoir faire autrement. Tout à coup, la voix de la princesse s'éleva, et il lui sembla qu'elle venait de très loin.

– Asseyez-vous, mes enfants, disait-elle. Et dépêchez-vous de prendre votre thé. J'ai beaucoup de choses à dire à mon vieil ami. Nous aimerions être seuls.

Elle avait parlé en se versant une tasse de thé, et relevant la tête, elle s'aperçut que ni le duc ni Zoia n'avaient bougé. Elle reprit, d'un ton plus sec.

– Zoia, n'est-ce pas l'heure d'aller étudier votre piano? Allez donc au salon de musique. Vous prierez les domestiques de vous apporter votre thé là-bas. Cela vous fera gagner du temps.

Zoia sursauta comme si elle revenait brutalement de très loin, puis elle fit une brève révérence et sortit sans un mot.

En entendant la porte se refermer sur elle, un

immense désir submergea le duc : celui de la supplier de rester. Il avait l'impression d'un grand vide, d'une perte immense.

— Allons, venez, Blake, disait la princesse. Asseyez-vous là et parlez un peu de Londres à ma petite Tania. Elle a gardé un souvenir enchanté des parcs et de vos drôles de petites rues étroites, mais elle n'avait que dix ans, quand elle a quitté l'Angleterre...

Habituée aux rues si larges de Saint-Pétersbourg, la princesse voyait Londres à sa manière. Le duc y songeait avec amusement en demandant à Tania d'un ton jovial :

— Avez-vous donc tant envie de visiter Londres? Je vous assure que Saint-Pétersbourg est une ville beaucoup plus imposante, plus grande et plus belle!

— Mais maman m'a toujours dit qu'à Londres les bals sont beaucoup plus amusants qu'ici.

— Cela paraît difficile à croire. Vous avez tant de beaux officiers ici pour vous faire danser!

Tania fit la moue.

— Pas pour le moment. Ils sont tous partis faire la guerre et il y a beaucoup trop de femmes dans les soirées.

Le duc éclata de rire.

— Eh bien, souhaitons que la guerre finisse vite! Je crois qu'il n'y a pas que vous que cela arrangera!

— La guerre, la guerre, toujours la guerre... protesta la princesse. Entendrons-nous un jour parler d'autre chose? Quand je pense que j'avais projeté des quantités de réceptions pour Tania au Palais d'Eté! Et nous voilà obligées de rester ici, dans cette fournaise!

Une petite lueur cynique brilla dans les yeux du duc et il répondit d'un ton quelque peu ironique :

— Je ne puis que vous répéter combien j'en suis désolé pour vous, chère amie.

Comment la princesse pouvait-elle ainsi passer sous silence les si nombreux morts de la bataille de Smolensk? Le duc reconnaissait bien là sa frivolité et sa froideur.

– Mais parlons de quelque chose de plus intéressant! s'écria-t-elle gaiement. Je vais donner une réception en votre honneur, puisque vous êtes ici! Un dîner, et nous danserons ensuite avec un orchestre de tsiganes que je viens de découvrir et qui est merveilleux! Je n'en ai encore parlé à personne. Je ne voulais pas qu'ils apparaissent pour la première fois ailleurs que chez moi. Mais votre présence va me donner l'occasion d'étonner tout Saint-Pétersbourg en les faisant connaître!

Elle souriait, ravie.

– Qu'en pensera le Tsar? s'inquiéta Welminster. Il est si déprimé et soucieux avec cette guerre...

– Nous ne l'inviterons pas! Nous lui dirons comme à tout le monde qu'il s'agit juste d'un petit dîner bien sage en votre honneur. Mais tous mes meilleurs amis viendront, et nous nous amuserons follement avec vous, Tania et moi, n'est-ce pas, ma chérie?

La princesse s'était tournée vers sa fille dont les yeux brillaient d'excitation.

– Oh! maman... Une soirée qui se terminera en dansant! Ce sera merveilleux! Je disais justement cet après-midi à Zoia que la vie devenait bien morne, sans distraction en perspective.

– Mais vous avez vos répétitions de danse? fit remarquer le duc.

Tania haussa les épaules.

– J'ai pris toutes ces leçons pendant des années, uniquement pour faire plaisir à papa. Mais Zoia danse beaucoup mieux que moi.

La princesse coupa sa fille d'un ton sec.

– Zoia n'appartient pas à notre monde. Allez, ma chérie, sauvez-vous, maintenant! Je vous appellerai pour dire au revoir au duc avant qu'il parte.

- J'aimerais bien, oui... répliqua Tania en adressant un sourire presque provocant à Welminster avant de quitter la pièce sur une petite révérence.

La princesse la regarda sortir d'un air songeur, puis elle se tourna vers le duc.

- Que pensez-vous de Tania, Blake ?
- Je pense qu'elle est extrêmement jolie, comme sa mère, et qu'elle aura un succès fou auprès des dandys de Londres.
- J'aimerais bien qu'elle ait du succès auprès de vous, dit doucement la princesse.
- Moi ? s'écria-t-il en feignant la surprise comme pour signifier clairement que jamais une telle pensée ne l'aurait effleuré.

Puis il ajouta :

- Vous savez bien que je suis un célibataire endurci ! Et puis, je suis beaucoup trop vieux pour une jeune fille aussi fraîche et aussi jolie.

Le ton de la princesse se fit sérieux.

- Je pense que Tania serait plus heureuse avec un homme mûr. Elle a besoin d'être guidée dans la vie. Et par une main très ferme, par moments.

Le duc insista, d'un ton dégagé mais déterminé :

- Mais vous êtes-vous jamais demandé ce qu'il pourrait y avoir de commun entre moi et une enfant qui vient juste de sortir de la salle d'études ? Non, non, ma chère Sonya, pour qu'une femme me fascine, il faut qu'elle soit beaucoup plus sophistiquée. Mais vous le savez très bien.

Il dit cela d'un ton qui donnait à entendre qu'il lui faisait là un compliment indirect et, comme il s'y attendait, elle réagit en femme qui se sent flattée. Elle lui tendit sa main chargée de bagues en souriant.

- Et vous, Blake, vous savez bien que vous représentez pour moi le type parfait du bel Anglais séduisant, du parfait galant homme...

Il lui baisa la main.

- Je vous fais le serment que je battrai le rappel

de tous les jeunes célibataires dignes de Tania lorsque vous l'amènerez à Londres. D'ailleurs, je crois que le plus jeune de mes frères lui conviendrait probablement très bien.

Le duc comprit, à l'expression de la princesse, qu'elle était en train de calculer que s'il ne se mariait pas, comme il le lui avait affirmé, un jour viendrait où son frère hériterait du titre des Welminster; ainsi Tania finirait-elle par avoir la position dont elle rêvait pour elle.

— Je sais que je puis compter sur votre dévouement, dit-elle.

— Mais parlez-moi de l'amie de Tania, reprit-il. Elle a l'air charmante, elle aussi. Avez-vous l'intention de l'emmener à Londres avec vous?

Il avait pris grand soin d'affecter un air détaché, comme si la chose ne présentait aucun intérêt pour lui.

— Pauvre petite Zoia... soupira la princesse. Elle me donne bien du souci. Ce n'est pas sa faute si les choses sont comme elles sont...

— Que voulez-vous dire? demanda-t-il, un peu trop vite.

— J'oublie que je ne vous ai pas encore dit qui elle est.

— Mais qui est-ce donc?

— La fille de Pierre Vallon.

Ce nom lui disait bien quelque chose, mais sur le moment, il ne savait plus quoi. Il s'écria soudain :

— Ah! le chef d'orchestre?

— Bien sûr! Il n'existe pas deux Vallon dans le monde de la musique et sa célébrité n'a pas d'égale.

— J'ai eu l'occasion de l'entendre diriger un concert l'hiver dernier, à Londres, et je l'avais déjà entendu quand j'étais enfant, il y a bien longtemps, à Paris. C'est certainement le plus grand chef actuel. Ce qu'il compose est superbe.

Il comprenait maintenant pourquoi il avait été si ému par la musique sur laquelle Zoia avait dansé.

– Je n'avais jamais pensé que Vallon pouvait avoir une famille... avoua-t-il.

– Vous ne connaissez pas son histoire?

– Eh bien... non. Je l'ai applaudi et admiré mais je n'ai vu en lui que l'artiste et je n'ai jamais songé qu'il était aussi un homme.

– Alors, je vais vous raconter sa vie.

Connaissant le goût de la princesse pour les commérages, il ne doutait pas du plaisir qu'elle ressentait à la perspective de lui apprendre quelque chose.

– Natacha Strovolsky était la femme de Pierre Vallon, commença-t-elle.

– Strovolsky! s'exclama le duc, stupéfait.

Il n'était pas sans savoir que la famille Strovolsky, l'une des premières de Russie, était très fière de ses liens de parenté avec la famille régnante.

Et, en effet, partout où allait le Tsar, il y avait toujours un Strovolsky pour l'accompagner, non seulement au titre de courtisan, mais à cause du droit de préséance que lui conférait sa naissance.

Les Strovolsky étaient tellement orgueilleux de la noblesse de leur sang, si « impériaux » dans leurs manières, que tout le monde disait en riant qu'un matin en se réveillant, le Tsar trouverait un Strovolsky assis sur son trône. La princesse n'avait donc pas besoin de préciser que, dans une telle famille, il était impensable que l'une des filles épousât un chef d'orchestre, si célèbre fût-il.

– C'est impossible! s'exclama-t-il, sachant que la princesse n'attendait que cela.

– Vous savez, bien entendu, que ce fut Gregory Orlov qui mit Catherine II sur le trône de Russie.

– Bien sûr, murmura-t-il, se demandant où elle voulait en venir.

Il connaissait fort bien le personnage. Gregory Orlov, qui devint comte Orlov, représentait une période de l'histoire de la Russie. C'était un homme extrêmement beau et d'une ambition sans bornes. En 1762, l'Europe avait appris avec stupeur qu'à la suite de ses machinations, une princesse germanique de très petite noblesse avait réussi à s'emparer du pouvoir en éliminant successivement du trône le tsar Pierre III, puis son fils Paul. Le duc avait, comme tout un chacun à l'époque, entendu dire que cette femme était non seulement une usurpatrice, mais une criminelle et une débauchée.

Le père du duc, qui avait fait un voyage en Russie au temps où elle régnait, avait souvent dit à son fils combien il avait été frappé que cette Impératrice toujours si tyrannique avec tous, soit restée à la dévotion de son amant Orlov. « Je suis persuadé qu'il doit la battre quand ils sont seuls. Mais elle est passionnément amoureuse de lui et jamais je n'ai vu homme recevoir autant de cadeaux! » s'indignait le vieux duc.

Welminster n'oublierait jamais les récits de son père sur la Russie de l'impératrice Catherine, sur le costume du comte Orlov, dont les boutons de diamant représentaient plus d'un million de livres anglaises, ou sur ce festin à la fin duquel on avait servi un dessert garni de pierres précieuses, d'une valeur inestimable.

Mais la princesse Ysevolsov poursuivit :

– Dix ans après le couronnement, Catherine avait enfin décidé de changer d'amant...

Le duc sourit malicieusement :

– ... Parce qu'il avait une liaison avec la princesse Golitza...

– Exactement! Mais ce qu'ignorait l'Impératrice, du moins à cette époque, c'est qu'il avait également été passionnément amoureux, quoique pendant peu de temps, de la princesse Petya Strovolsky.

– Incroyable!

– Incroyable ou non, ses parents furent horrifiés quand ils s'aperçurent que la plus belle et la plus adorée de leurs filles attendait un bébé. Vous l'imaginez sans peine!

La princesse fit un geste éloquent et reprit :

– Le prince avait de l'astuce et puis c'était un homme puissant, n'est-ce pas? Très peu de personnes furent au courant, même dans la famille proche, de cette lamentable affaire. La situation était même dangereuse car il n'y avait pas que l'humiliation, il y avait aussi la terreur de voir l'Impératrice découvrir ce qui s'était passé.

– Qu'ont-ils fait?

– Petya a été envoyée en Autriche chez des amis – et voilà d'ailleurs comment je suis au courant de cette triste histoire. L'enfant est né là-bas. Une petite fille.

Le duc, subjugué, ne la quittait pas des yeux.

– L'année suivante, reprit-elle, Petya est rentrée en Russie avec le bébé que les Strovolsky ont accueilli chez eux ouvertement en disant que Petya avait épousé un cousin éloigné à Vienne et qu'il était mort.

– Et on les a crus?

– Evidemment! Personne ne se serait risqué à contester une affirmation du prince Strovolsky! En aucun cas!

– Et ensuite? Que s'est-il passé?

– Natacha, la fille de Petya, a été élevée dans sa famille. Petya a épousé un cousin de son mari, avant de mourir en couches. Le comte Orlov avait été le grand, le seul et unique amour de sa vie. Aucun autre homme ne l'a plus jamais vraiment intéressée.

– Et l'Impératrice?

– Après avoir éloigné Orlov, elle disait toujours : « Je ne peux passer une seule journée sans amour », parce qu'en fait cet amant lui manquait terriblement. Quand elle l'a repris, elle l'a comblé de cadeaux. Elle lui a donné six mille serfs et une multitude d'autres présents. Ses appointements étaient de cent cinquante mille roubles.

– On a dit aussi qu'elle lui avait fait un cadeau extraordinaire, si je ne me trompe?

– Oui. Un diamant qui valait quatre cent soixante mille roubles... Le plus gros diamant du monde!

Le duc songea que si, sous le règne de Catherine, la livre sterling valait cinq roubles, ce cadeau était un hommage plus que significatif.

– Continuez, je vous en prie! dit-il à la princesse, impatient de connaître la suite.

– Eh bien, vous allez juger des malheurs des Strovolsky! Quelques années plus tard, après avoir tout mis en œuvre pour cacher le déshonneur de Petya, ils commençaient à oublier leur honte et leurs angoisses, lorsqu'ils découvrirent un beau matin, que Natacha, leur petite-fille, s'était enfuie avec le précepteur des enfants.

– Pierre Vallon!

– Oui. Il était venu en Russie, comme tant de ses compatriotes, pour enseigner le français, la danse et la musique aux enfants des familles nobles. Mais vous le connaissez, vous savez combien il est beau et séduisant. Il n'était pas difficile de prévoir, en engageant un homme pareil dans une maison où il y avait des jeunes filles, que l'on courait au-devant des pires ennuis!

Le duc était bien de cet avis, ayant vu Pierre Vallon après un concert à Carlton House, à une réception donnée par le prince de Galles (1). Il l'avait trouvé non seulement exceptionnellement bel homme, mais aussi doté d'une extraordinaire puissance de séduction. Toutes les femmes invitées

---

(1) Le futur George IV (1762-1830), Régent de 1811 à 1820, célèbre pour l'extravagance et le faste des réceptions qu'il donnait dans sa demeure et pour sa vie de débauche.

l'avaient entouré, au point que leur hôte en avait été jaloux. Piqué par la curiosité, il demanda :

– Comment est la princesse Natacha ?
– Elle était divinement belle.
– « Etait » ?
– Oui. Elle est morte l'année dernière. C'est la raison pour laquelle je me tourmente pour Zoia et l'ai amenée avec nous, tant que son père dirige les représentations au Grand Théâtre de Moscou. Il fallait essayer de lui faire un peu oublier ce deuil, plus tragique pour elle que pour une autre, étant donné les circonstances.
– Je ne vois pas pourquoi.

La princesse se mit à rire en le regardant, comme si elle le trouvait vraiment naïf.

– Voyons, Blake ! Tant que sa mère était vivante, elle avait encore quelque chance de trouver un mari convenable, quelque noble indifférent aux conséquences d'un tel mariage. Mais maintenant...

Elle fit un grand geste fataliste, avant de conclure d'un ton tranchant :

– Maintenant, Zoia n'est plus que la fille d'un chef d'orchestre français.
– Mais très célèbre !
– Il peut bien avoir tout le talent du monde, répliqua-t-elle. Il peut être l'homme le plus extraordinaire, cela n'empêche pas, mon cher Blake – et vous le savez tout aussi bien que moi – qu'il ne sera jamais, aux yeux de la société, qu'un petit précepteur français qui a brillamment réussi dans sa spécialité.

La princesse soupira.

– Je le déplore pour Zoia. Cela me fait de la peine parce que les Strovolsky ne veulent plus rien avoir à faire avec elle, maintenant que sa mère est morte. Ils ne me l'ont pas caché. Et si elle doit vivre à Paris, sa vie ne sera pas très amusante en ce moment car tous les jeunes gens sont incorporés dans l'armée.

– Maintenant, je comprends la situation, fit le duc.

– Et vous comprenez pourquoi je me montre charitable envers elle? Je l'ai amenée ici car Tania l'aime beaucoup. Elles se tiennent compagnie et c'est déjà quelque chose car la vie est devenue tellement sinistre!

Brusquement, comme si elle trouvait qu'elle avait assez parlé de Zoia, la princesse changea de sujet :

– Et maintenant, mon cher Blake, faisons nos plans. Quand pensez-vous pouvoir vous échapper du Palais pour un soir? Donnez-moi quand même assez de temps pour que je puisse organiser une vraie petite fête!

– J'ai peur que le Tsar ne nous mette sur sa liste noire, objecta le duc.

– Il n'y aura qu'à dire à quelqu'un de lui donner une autre Bible. Tout le monde sait que Pierre Golitzen l'a convaincu de se plonger dans les Saintes Ecritures et de chercher le secours de la religion. En ce qui me concerne, je vous garantis bien que j'attendrai d'être vraiment aux portes de la mort pour me plonger dans la dévotion!

Le duc allait répondre lorsqu'un domestique entra et vint dire quelques mots à voix basse à la princesse.

– Oh! Quel ennui! s'exclama-t-elle. Il y a là un courrier qui vient d'arriver du front. Il m'apporte des nouvelles de la guerre. Mais il attend des papiers que mon mari me demande de toute urgence... Il va falloir que je les cherche... Il n'y a que moi qui puisse les trouver.

Le duc se leva.

– Je vous quitte, princesse. Quand vous écrirez au prince, ne manquez pas de lui dire combien j'ai regretté de ne pas le rencontrer.

– Il sera certainement très déçu, lui aussi. Vous savez qu'il vous aime beaucoup. Mais revenez me voir demain. Nous pourrons faire nos plans pour notre soirée. Et puis, j'ai tellement de choses à vous raconter!

C'était dit d'un ton plein de sous-entendus qui intrigua le duc. Il la regarda d'un œil interrogateur. Ayant congédié le domestique, elle inspecta la pièce, pour être bien sûre que personne n'était là, puis elle lui souffla tout bas :

– Soyez prudent, très prudent avec Katharina Bagration...

– Prudent? fit-il en haussant le sourcil.

– Elle est très proche du Tsar. Et personne n'ignore qu'elle aide le ministre de la Police à faire ses enquêtes.

Le duc était un homme poli. C'est pourquoi il se garda bien de révéler à la princesse qu'il le savait déjà.

– Merci, ma chère Sonya, dit-il simplement. Vous êtes, comme toujours, une amie précieuse. Permettez-moi de vous dire combien je vous suis reconnaissant.

Il prit sa main et la porta à ses lèvres, puis se retira. Le courrier attendait derrière la porte, avec l'air épuisé d'un homme qui vient de galoper longtemps sans s'arrêter pour dormir. Son uniforme était poussiéreux et défraîchi.

Tandis que le laquais faisait entrer le courrier dans le salon blanc, le duc se dirigea vers l'escalier. Il était en haut des marches et s'apprêtait à descendre, lorsqu'il entendit jouer du piano. Cela provenait d'une pièce qui donnait sur le grand palier.

Il n'hésita qu'un instant, le traversa, et, allant droit à cette pièce, y entra sans frapper. Elle était aussi somptueuse que toutes celles qu'il avait déjà vues au palais Ysevolsov.

Des piliers de marbre supportaient le plafond ovale orné d'une fresque aux couleurs exquises, et les murs étaient décorés de peintures représentant des scènes mythologiques.

Sur une estrade, Zoia était assise à un grand piano à queue. Elle jouait une mélodie que le duc avait l'impression de connaître.

Il referma la porte derrière lui et s'avança lentement jusqu'à la jeune fille. De nouveau, elle lui sembla nimbée d'une lumière surnaturelle.

Elle était si absorbée par la musique qu'elle ne s'aperçut de la présence du duc que lorsqu'il fut tout près d'elle. Elle le regarda, surprise, et cessa de jouer. Ils se fixèrent longtemps, incapables de faire un mouvement.

– Vous jouiez une œuvre de votre père ? demanda enfin le duc.

– Oui, dit-elle d'une voix un peu sourde qui lui allait parfaitement.

– Je l'ai rencontré, reprit-il.

Les yeux de Zoia s'éclairèrent.

« C'est étrange qu'elle soit si blonde », pensa-t-il. Puis il se rappela soudain que Pierre Vallon n'était pas châtain foncé, comme la plupart des Français, mais originaire de Normandie, là où les cheveux blonds et les yeux bleus sont aussi répandus qu'en Angleterre.

Zoia avait les yeux de sa mère, mais sans ce mystère particulier aux femmes russes. Il y avait cependant dans ce visage quelque chose d'indéfinissable qui trahissait une profonde spiritualité.

Il la rejoignit sur la petite estrade et s'appuya contre le piano.

– Parlez-moi de vous, dit-il.

Elle sourit.

– Que voudriez-vous savoir ?

– Comment avez-vous appris à danser si merveilleusement ?

Elle ne parut pas surprise par cette question. Sans doute avait-elle remarqué sa présence dans la loge, lorsqu'elle avait salué avec Tania.

– Quand j'étais petite, expliqua-t-elle, j'assistais toujours aux répétitions et aux représentations du

corps de ballet chaque fois que papa dirigeait l'orchestre.
– Vous allez au théâtre ?
– Oui, à Paris et partout ailleurs... toujours, quand c'était papa qui jouait. Maman aimait être près de lui et il tenait beaucoup à sa présence.

Ainsi, ses parents avaient vécu un très grand amour... La princesse Natacha avait tout abandonné pour l'amour de Pierre Vallon : sa famille, sa fortune, la vie brillante qui l'attendait en Russie.

Mais Zoia poursuivait :
– J'avais envie d'apprendre à danser comme les étoiles des ballets que je voyais et maman m'a fait donner des leçons par une ballerine très célèbre qui s'était retirée.
– Vous dansez comme personne...
– J'aimerais en être certaine. Mais si c'est vrai, c'est à la musique de papa que je le dois. Elle est magnifique. Elle vous emporte dans un autre monde... un monde de lumière.

« Oui : c'est exactement ce qu'elle exprime en dansant », songea-t-il, se souvenant des visions magiques que Zoia avait fait surgir dans son esprit. N'avait-il pas cru voir des papillons, des oiseaux, des arbres en fleur ?

– Dites-moi... oh ! dites-moi à quoi vous pensiez, cet après-midi, en dansant ? demanda-t-il d'un ton presque anxieux.

Zoia tourna la tête et regarda au loin, comme si elle voulait oublier le duc pour mieux retrouver en elle les images qui l'avaient inspirée. Puis elle déclara presque à voix basse :

– Cette musique était un fragment d'un concerto écrit par mon père. Elle me fait toujours penser au printemps... au renouveau de la nature... aux oiseaux, aux arbres en fleur, aux fleurs des champs, aux papillons...

Le duc resta muet de stupeur devant ce phénomène de transmission de pensée, dû à la force de suggestion de Zoia.

— J'ai appris que votre mère n'était plus de ce monde, dit-il enfin. Qu'allez-vous faire lorsque vous quitterez Saint-Pétersbourg?

— Je ne suis ici que pour peu de temps. Et je n'ai accepté de venir que parce que papa l'a exigé. Mais je viens d'apprendre que l'armée française se dirigerait vers Moscou?

— Ce n'est pas impossible, en effet.

— Alors, ma place est auprès de papa.

— Mais votre père est en sécurité à Moscou quoi qu'il arrive. Pierre Vallon est une célébrité internationale et la musique ne connaît pas les frontières, vous le savez, affirma-t-il avec douceur, espérant la rassurer.

— C'est vrai, répondit-elle avec un petit sourire. Mais les balles ne frappent pas toujours ceux qui sont visés par les fusils, et s'il y avait des combats de rues à Moscou, je tremblerais pour mon père.

— Votre présence n'y changerait rien...

— Je sais. Pourtant, je ne pourrais pas supporter d'être loin de lui, dit-elle d'un ton angoissé.

— Il vaudrait beaucoup mieux, à mon avis, que votre père vienne vous rejoindre ici. Mais je vous en prie, attendez encore. Je vais me renseigner sur la situation. Dès que j'aurai les dernières nouvelles au Palais, je les donnerai à la princesse Ysevolsov afin qu'elle vous les transmette.

— Vous êtes trop bon, dit Zoia. J'ai peut-être eu tort de venir ici et de laisser papa seul à Moscou. Mais il a tellement insisté pour que j'accepte l'aimable invitation de la princesse.

— Et vous êtes heureuse ici? hasarda-t-il.

Il remarqua l'imperceptible hésitation qui précéda la réponse :

— J'aime bien la compagnie de Tania... Elle est très douce.

Elle avait dit cela avec chaleur, mais comme si

elle parlait d'un petit enfant dont elle aurait eu à s'occuper.
– Quel âge avez-vous? demanda-t-il encore.
– Bientôt vingt ans.
« Comme elle est jeune! pensa-t-il. Mais elle a beaucoup voyagé avec ses parents, et elle a vu tant de choses et tant de gens que cela lui a formé le caractère et elle est certainement beaucoup plus mûre que les jeunes filles de son âge... »
– Jouez-moi quelque chose, implora-t-il. Un morceau de votre père que vous aimez particulièrement.
Zoia laissa ses doigts courir sur le clavier tandis que le duc la contemplait, fasciné par sa ressemblance avec cette Vénus grecque qu'il avait dans sa maison du Hampshire, et qui était née sous le ciseau d'un sculpteur bien des siècles plus tôt. Un de ses grands-pères l'avait rapportée de Grèce, avec beaucoup d'autres œuvres d'art.
Il possédait aussi de très belles toiles de toutes les écoles et de tous les pays d'Europe, mais il avait une prédilection particulière pour la sculpture et c'étaient toujours ses statues qu'il avait le plus de plaisir à retrouver quand il rentrait chez lui.
Très vite, il fut absorbé par le jeu. Il avait l'impression de percevoir toutes les pensées de la jeune fille, de lire en elle à travers cette musique où elle mettait toute son âme.
Passionnément attentif, il vit de la neige, des arbres pris dans la glace, un petit ruisseau gelé. C'était beau, froid, presque inhumain. Brusquement, tout s'éclaira. Un rayon de soleil apparut entre deux notes et la neige fondit, les glaces bleutées perdirent leur rigidité, se brisèrent pour devenir une rivière aux eaux vives. Le gel abandonna les branches des arbres, cédant la place à une luxuriante verdure. L'herbe était d'un vert tendre, les premiers crocus fleurissaient. Les images se succédaient rapidement au rythme de la musi-

que, si nettes qu'il lui semblait les voir réellement sous ses yeux. Il pouvait presque sentir la chaleur envahir l'atmosphère, respirer le parfum des fleurs. Et dans ce formidable éveil de la nature, une vision s'imposa à lui – celle d'une gracieuse silhouette féminine venant à sa rencontre sous les arbres. Oui, c'était bien vers lui qu'elle s'avançait... Elle s'approchait, s'approchait... et tout son être était attiré, comme projeté vers elle. Alors, il la rejoignit, leurs âmes s'unirent et subitement, tout disparut.

Il était seul dans le silence.

Les mains fines et souples de Zoia ne couraient plus sur le clavier. Elles étaient sagement posées sur ses genoux. Le duc frémit et se ressaisit. Zoia le regardait de ses yeux tendres et intelligents, ombrés d'immenses cils.

– Cela vous a-t-il plu?

Il y avait un peu d'inquiétude dans sa voix, comme si elle ne comprenait pas pourquoi il la fixait sans rien dire, de ce regard ébloui, un peu perdu.

– Beaucoup... oh, beaucoup!

Le duc reconnaissait à peine sa voix. Ce qui venait de lui arriver était si mystérieux... Il émergeait d'un rêve, revenait d'un voyage dans un autre monde, avait peine à toucher terre, à retrouver ses esprits.

– Papa a intitulé cette composition *La Fonte des glaces*, expliquait tranquillement Zoia. Bien sûr, bien d'autres événements intérieurs sont évoqués dans cette œuvre... Mais... je crains de vous ennuyer...

Le duc avait envie de lui dire que l'on n'avait pas le droit de s'arrêter ainsi lorsqu'on pouvait transporter à ce point son auditoire. Ah, si elle pouvait jouer pour lui indéfiniment! Que serait-il arrivé, si elle avait continué après qu'il eût rejoint celle qu'il attendait? Voilà ce qu'il aurait passionnément désiré savoir.

Mais comment confier tout cela à Zoia? Elle le croirait fou, c'était certain. Comprendrait-elle seulement ce qu'il voulait dire? Peut-être pas. Et elle attendait qu'il parle, maintenant, il le voyait bien. Il allait lui faire des compliments sur son jeu, la féliciter d'une manière maladroite étant donné l'intensité de ce qu'il avait ressenti, lorsqu'elle prit les devants :

– J'ai l'impression que... que vous avez perçu tout ce que mon père a exprimé dans ce concerto. Pendant que je jouais, il m'a semblé que vous étiez touché... que vous parveniez, au delà de la musique, à un état... mais je me trompe peut-être?

Il eut la brusque sensation d'un sortilège. Soudain, il ne savait plus si cette musique lui avait plu ou non, il ne savait plus rien...

– Je dois partir, dit-il d'un ton bref. Je vous remercie d'avoir joué pour moi. Votre père doit être très fier de vous.

Il sentit qu'elle était déçue mais elle n'en laissa rien paraître. Elle se leva et lui fit une petite révérence tandis qu'il prenait congé.

Une terrible envie de fuir le poussait à partir au plus vite tandis qu'un violent désir de rester le clouait sur place. Zoia eut un petit rire très bas et sans le regarder, elle dit :

– Allons... au revoir. Il le faut.

Il voulait lui poser mille questions urgentes, à ses yeux, et à la fois redoutait plus que tout qu'elle y réponde. Que lui arrivait-il? Il resta là, figé, un instant. Puis, bouleversé comme jamais il ne l'avait été de sa vie, il traversa la pièce d'un pas raide, à une allure presque militaire. Au moment de franchir le seuil, il se retourna et regarda Zoia qui, toujours debout devant le piano, n'avait pas fait un mouvement.

Cependant, elle ne l'avait pas suivi des yeux comme n'importe quelle autre femme l'aurait fait. La tête baissée, elle fixait obstinément le clavier.

Encore une fois, le duc eut la certitude qu'il l'avait déçue.

Il referma la porte derrière lui et s'engagea dans l'escalier, furieux contre lui-même pour cet excès d'émotivité inhabituel. A nouveau, il accusa la chaleur des sentiments étranges qui venaient de le traverser en écoutant Zoia jouer ce concerto de son père.

Le *drotski* l'attendait dehors. Il y grimpa et les chevaux partirent à bonne allure. Quel soulagement de retrouver les larges rues de Saint-Pétersbourg. Le duc tenta encore de mettre de l'ordre dans ses idées. Peu à peu il se calma et finit par se dire que cette mystérieuse et violente passion si typique du tempérament russe était contagieuse. « Je me suis laissé submerger... Voilà que je me mets à leur ressembler... » songea-t-il avec philosophie.

Mais cette explication ne le satisfaisait pas. Non, elle ne convenait pas du tout à ce qui lui était arrivé... Les Russes passaient sans transition de la plus joyeuse hilarité au désespoir absolu.

Quant à lui, il ne se sentait ni désespéré ni fou de joie... Il avait seulement éprouvé des sentiments bizarres, tout à fait inconnus et difficilement explicables. Et cela le choquait parce qu'il était blasé, parce que jusqu'ici, il avait toujours juré ses grands dieux qu'il n'y avait rien de nouveau à découvrir nulle part, que les êtres et les choses étaient les mêmes partout. Il était depuis longtemps persuadé qu'il connaissait tout, qu'il avait fait toutes les expériences possibles. Quelle suffisance!... Il s'en rendait compte aujourd'hui. Son insolente assurance avait été mise en échec et bien sûr, il n'aimait pas cela, après coup.

« Je ne vais tout de même pas devenir médium en vieillissant! » se répétait-il, vexé.

Les sciences occultes étaient très à la mode. La plupart des gens consultaient des voyants et des diseuses de bonne aventure. La superstition de

Joséphine et de Napoléon était légendaire. Tout le monde connaissait la prédiction faite à l'Impératrice enfant, à la Martinique, qu'elle occuperait un jour, en France, la plus haute des positions. Les généraux anglais riaient, s'étonnaient ou s'inquiétaient de l'habitude qu'avait Napoléon de consulter des cartomanciennes avant de livrer bataille et de sa fureur devant le moindre signe annonciateur de malchance.

Cette mode sévissait à Londres comme ailleurs, et le duc avait toujours considéré toutes ces pratiques comme des stupidités défiant le bon sens, inventées de plus par des charlatans pour gagner de l'argent en exploitant la crédulité des gens.

Combien de fois n'avait-il pas dormi d'un sommeil d'enfant dans des maisons que l'on disait « hantées » et même dans la chambre baptisée « chambre du fantôme »! Et lorsqu'il descendait pour le petit déjeuner, la maîtresse de maison ne manquait pas de s'inquiéter :

– Comment avez-vous dormi?

– Parfaitement! Votre fantôme ne m'a pas rendu visite! Je ne dois pas l'intéresser... répondait-il tout aussi invariablement, sur un ton un peu moqueur.

Il n'avait que mépris pour ceux qui se munissaient d'un « porte-bonheur » quand ils allaient aux courses, ou pour ces gens de théâtre qui ne pouvaient jouer sans un fer à cheval accroché au mur de leur loge. Il était convaincu que chacun créait sa chance ou sa malchance, que la bonne étoile et le mauvais sort étaient des vues de l'esprit et que nous sommes maîtres de notre destinée.

Or, voilà que ses convictions rationalistes étaient un peu ébranlées. Etait-il possible qu'un homme comme lui ait pu, à deux reprises, s'être trompé en croyant avoir des visions inexplicables? Ou alors avait-il soudain acquis la capacité de lire dans la pensée des autres?

« Ou je suis ivre, ou je suis en train de devenir

fou! » se répétait-il avec irritation tout en sachant fort bien, au fond de lui-même, qu'il n'était ni l'un ni l'autre.

Il descendit du *drotski* et se dirigea vers les marches du Palais d'Hiver, bien décidé à oublier toutes ces absurdités. Le meilleur remède au trouble de son esprit était de se mettre le plus vite possible au travail.

Il devait obtenir les dernières nouvelles du front et rédiger un communiqué détaillé pour Lord Castlereigh. Il lui faudrait au moins une heure pour le coder avant de le faire expédier à Londres. Il le donnerait le lendemain matin à la première heure à un courrier. Au moins cela justifierait-il son séjour à Saint-Pétersbourg.

Il traversait le vestibule quand un officier des grenadiers de la Garde d'Or qui était de service s'avança et lui dit en français.

– Milord... La princesse Bagration m'a prié de vous transmettre ce message : elle vous serait très reconnaissante de bien vouloir lui rendre visite avant de regagner vos appartements.

– Je serai heureux de présenter mes hommages à Son Altesse.

L'officier appela un laquais qui précéda le duc jusqu'aux appartements de la princesse Bagration. Tout en le suivant à travers le Palais, le duc pensa avec soulagement que Katharina allait le faire redescendre sur terre et chasser les fantaisies ridicules auxquelles son imagination venait de se livrer.

Katharina avait cela de bon qu'elle était passionnée, bien en chair, bien vivante et qu'il savait d'avance tout ce qu'elle pouvait exiger de lui. Avec elle, au moins, il était en terrain connu. Toutes les pensées et les émotions qu'elle soulèverait en lui seraient claires et compréhensibles.

« Et c'est ce que je veux! Je ne veux rien d'autre! » se répétait-il sans relâche.

3

Le duc s'attendait à trouver Katharina seule chez elle. Il fut surpris par le grand nombre d'invités rassemblés dans le salon orné de somptueux bouquets de fleurs.

Katharina, merveilleusement belle dans une robe de mousseline bleue, vint l'accueillir et il vit à son regard qu'elle était réellement heureuse de le voir. Il lui baisa la main, mais sans s'attarder, car la Tsarine ayant accompagné le Tsar, il se devait d'aller la saluer immédiatement.

L'impératrice Elisabeth Feodorovna, épouse du superbe Alexandre, aurait été fort belle si elle n'avait eu le teint abîmé par la couperose. Cela n'empêchait certes pas le duc de la trouver charmante et bien plus stable et équilibrée que son époux. Il parlait avec elle depuis quelques instants lorsque le Tsar les interrompit. Prenant le bras du duc, il l'entraîna dans un coin tranquille du salon.

— J'ai quelque chose à vous dire, Welminster!

Le duc le considéra d'abord avec une certaine appréhension, mais il lui paraissait moins abattu que les jours précédents. Il avait perdu cet air renfermé et retrouvé cette belle prestance que son peuple admirait tant.

— De quoi s'agit-il, Sire?
— Je sais que tout se passera bien, déclara le Tsar d'un ton étrangement solennel. La Russie vaincra

Napoléon. Il est désormais inutile de nous alarmer.

Ignorant l'air incrédule du duc, il poursuivit :

– Ce matin, j'ai reçu un message m'assurant que mes craintes étaient sans fondement.

– Un message du front, Sire?

– Non, non. Un message de Dieu.

Ne sachant quoi dire, le duc attendit la suite. Trouverait-il jamais quelqu'un, en Angleterre, qui accepterait de le croire, le jour où il rapporterait cette conversation.

– J'ai passé une nuit d'angoisse, sans dormir, reprit le Tsar. A l'aube, je suis allé à une fenêtre et j'étais là à regarder dehors quand j'ai entendu une voix... Cette voix m'a ordonné de chercher mon chemin dans la Bible...

Il reprit son souffle comme s'il revivait ce qui s'était passé, et poursuivit :

– J'ai alors posé au hasard le doigt sur une page du Saint Livre et j'ai lu... C'était, en quelques mots, la solution à tous mes problèmes.

– Quels mots? se força à demander le duc, voyant bien que le Tsar attendait cette question.

– Lève-toi et resplendis! Car Ta Lumière est venue et la gloire du Seigneur brille au-dessus de la cime des arbres!

Une grande exaltation animait la voix du souverain. Très attristé, le duc songea que c'était là une manifestation typique de ce mysticisme russe si ravageur auquel il refusait totalement d'adhérer.

S'efforçant de cacher son scepticisme sous un masque d'impassibilité, il répondit :

– Je suis heureux, Sire, que ces quelques mots vous aient apporté tant de réconfort.

A cet instant, devinant que le duc se trouvait dans une situation embarrassante, Katharina les rejoignit.

– Sire, vous savez que les secrets sont bannis de cette soirée! Et puis, je meurs d'impatience d'apprendre ce que votre ami anglais a fait chez la princesse Ysevolsov, dit-elle gaiement au Tsar.

Le duc la regarda avec un sourire amusé, comprenant qu'elle l'avertissait ainsi, à sa façon, qu'elle était au courant de tous ses mouvements.

– Que puis-je faire pour vous satisfaire? demanda-t-il. Je suis prêt à tout vous raconter!

Elle lui lança un regard de côté, sous ses longs cils frémissants.

– Je suis curieuse de savoir si vous avez ou non rencontré la « fille de glace » et ce que vous pensez d'elle. Voilà!

– La « fille de glace »? répéta le duc déconcerté.

– Vous voulez parler de la fille de Pierre Vallon, Katharina? On m'a dit qu'elle était à Saint-Pétersbourg. Est-ce vrai? s'enquit le Tsar.

– Oui, Sire. Elle est chez la princesse Ysevolsov et je suis sûre qu'elle a dû laisser bien des cœurs meurtris derrière elle, à Moscou.

– Mais pourquoi donc l'appelle-t-on la « fille de glace »? s'étonna le duc.

Katharina se mit à rire.

– Le grand-duc Boris pourra vous l'expliquer!

– Katharina dit vrai. Il paraît qu'il ne peut plus pousser un brin d'herbe autour de la maison de Pierre Vallon, parce que Boris la piétine du matin au soir, dit le Tsar.

Katharina précisa en riant aux éclats :

– Et on ne lui ouvre jamais la porte! Ah! pauvre grand-duc... Maintenant que l'oiseau s'est envolé, il a sûrement sombré dans le plus affreux désespoir!

– Je ne comprends rien à tout ce que vous me racontez là, intervint le duc avec impatience.

– Ce n'est pourtant pas bien difficile à comprendre! Le grand-duc est obsédé par Zoia Vallon dont il est tombé amoureux dès qu'il l'a vue. Mais, étant donné la réputation de Boris, la mère de Zoia d'abord puis son père lui ont interdit leur maison.

Et Boris n'est pas habitué à rester dehors dans le froid! expliqua Katharina.

– Ça lui fera le plus grand bien! déclara le Tsar avant de se diriger vers d'autres invités.

Le duc était tout à fait de cet avis. Et pourtant, il sentait la colère l'envahir à la pensée que le grand-duc puisse menacer l'honneur d'une femme aussi pure que Zoia. Jusqu'à cet instant, il n'avait d'ailleurs pas envisagé que sa beauté puisse attirer les hommes, encore moins des hommes tels que le grand-duc.

Il ne savait pourquoi, elle lui était apparue comme un être à part, qui ne pouvait être mêlé aux intrigues et aux petites machinations de la vie mondaine; une femme que rien ne pouvait atteindre, qui resterait intacte où qu'elle aille.

Il commençait à comprendre pourquoi Pierre Vallon avait obligé sa fille à quitter Moscou pour Saint-Pétersbourg, chaperonnée par la princesse Ysevolsov. Comme tout le monde, le duc savait à quel point le grand-duc était agressif avec les femmes. C'était un débauché, connu partout pour ses vilaines aventures amoureuses et l'extravagance de sa conduite.

Il avait épousé, tout jeune, une princesse allemande laide et triste qu'il obligeait à vivre avec leurs enfants, presque recluse, dans l'un de ses domaines à la campagne. Il s'arrangeait pour qu'elle paraisse le moins souvent possible à la Cour, tant à Moscou qu'à Saint-Pétersbourg. Il avait ainsi toute liberté pour satisfaire ses appétits charnels en choisissant ses proies parmi l'essaim des très jolies femmes de la Cour du tsar Alexandre.

Le duc savait bien qu'il était assez ridicule de sa part de juger ainsi le grand-duc, alors que sa propre conduite laissait beaucoup à désirer. Il savait aussi que ses innombrables aventures indignaient bien des gens et nourrissaient la chronique mondaine à Londres comme en Russie. Mais cela ne l'empêchait pas d'être capable de comprendre les soucis de Pierre Vallon devant le comportement du grand-duc. Il devinait aussi que la princesse Natacha, avant de mourir, avait dû être terriblement inquiète de voir un homme aussi dépravé jeter son dévolu sur sa fille.

Perspicace, Katharina lui dit avec philosophie :

— Boris, c'est Boris, n'est-ce pas? On sait ce qu'il vaut. Pourtant, je trouve la « fille de glace » bien orgueilleuse. Après tout, elle pourrait trouver pire.

— Quoi? Envisageriez-vous qu'une jeune fille de cet âge accepte la... la protection du grand-duc dont la réputation de débauché est connue de tous? s'indigna le duc.

Katharina le regarda avec suspicion.

— J'ignorais que vous aviez tant d'aversion pour Boris. Personnellement, ses histoires de cœur ne me dérangent pas... Mais pour en finir avec cette histoire, dites-moi un peu comment la fille d'un musicien français pourrait se permettre de choisir et de repousser qui elle veut?

— C'est incroyable! Vous parlez exactement comme la princesse Ysevolsov! On dirait que pour vous, Pierre Vallon est un vulgaire joueur de tambour dans un orchestre de dernier ordre! Mais cet homme est un génie! Le Prince Régent a été enthousiasmé quand il est venu donner un concert à Carlton House!

Katharina haussa les épaules.

— C'est vrai, c'est un grand musicien. Mais nous parlons de sa fille, la « fille de glace », fort bien nommée...

— J'espère bien que c'est ce qu'elle est en présence du grand-duc!

— On dit qu'elle fait tout pour le décourager. D'ailleurs, elle est peut-être amoureuse, en cachette et à l'insu de son père, d'un homme tout à fait médiocre... Qui sait?

Le duc aurait pu jurer que Zoia était bien incapable de mentir à son père parce que c'était incompatible avec sa nature. Il se retint à temps. En se faisant le champion d'une jeune fille qu'il n'avait vue qu'une seule fois, il ne pouvait que se ridiculiser.

« Au fond, se dit-il, je ne sais rien d'elle... Que m'importe la réputation de ceux qui la convoitent, la poursuivent ou lui offrent leur protection ? »

Il avait beau s'incliner devant la sagesse de ce raisonnement, il n'en restait pas moins indigné. Il respectait encore assez la femme pour déplorer qu'une créature aussi pure et aussi exquise doive accepter une liaison aussi immorale, simplement parce qu'on ne lui reconnaissait pas le droit de choisir.

Et il se promit d'aller trouver Pierre Vallon pour parler avec lui de l'avenir de sa fille et l'aider à trouver une solution. Pourquoi ne lui proposerait-il pas d'emmener Zoia avec lui en Angleterre, lorsqu'il repartirait ? Elle y serait certainement mieux acceptée et y ferait mieux sa place qu'en Russie où l'esprit de caste rendait l'aristocratie affreusement tyrannique... Non, il ne connaissait aucune autre société au monde comparable à la noblesse russe qui entourait le Tsar. Le snobisme y devenait férocité. Katharina Bagration et la princesse Ysevolsov savaient de quoi elles parlaient quand elles assuraient que Zoia n'avait aucune chance de faire convenablement sa vie ici.

Or, le duc ne pouvait supporter qu'un si triste sort soit réservé à un être aussi virginal que Zoia. Il refusait la fatalité d'un destin qui précipiterait cet ange de pureté dans une vie immorale et dégradante.

Soudain, il eut un sursaut de bon sens et d'égoïsme. Pourquoi diable se souciait-il du destin de Zoia ? En quoi cela le regardait-il ? Il la connaissait à peine. De quoi se mêlait-il ?

Ces pensées le détournaient de ce qui l'entourait. Il allait et venait dans le salon, retrouvait de vieux amis, bavardait avec chacun. On le présenta à des personnalités importantes. Rien n'y fit. Son esprit était ailleurs.

Il en oublia jusqu'à son devoir de diplomate qui était de sonder les gens pour savoir ce que l'on pensait en Russie de l'invasion et de Napoléon.

Lorsque le Tsar et la Tsarine partirent, les invités commencèrent à en faire autant. Il était tard et le duc avait juste le temps de se changer pour le dîner.

Quand il s'inclina devant Katharina, elle retint un moment sa main dans la sienne et murmura :

– Retirez-vous de bonne heure, ce soir. J'ai à vous parler.

– Me parler...?

– A vous de décider... dit-elle doucement.

Ce que signifiaient le feu ardent de son regard et son expression suppliante était très clair pour le duc. Et il fut heureux de ressentir la même chose qu'elle. Mais avant même d'avoir atteint sa chambre, il avait oublié Katharina et de nouveau il pensait à Zoia. Il était obsédé par les deux moments de « visions » qu'il avait vécus lorsqu'elle dansait et jouait du piano. Visions qui, il fallait le reconnaître, n'étaient dues qu'à elle.

C'était un défi à la raison et cela l'irritait. Il s'approcha de la fenêtre tout en s'habillant, pour ne pas manquer les derniers feux du soleil couchant sur les eaux frissonnantes de la Néva. Le spectacle était féerique.

– Naturellement, c'est à cause de l'atmosphère bizarre qui règne ici, bougonna-t-il. On se demande vraiment pourquoi Pierre le Grand n'a pas construit sa ville dans une région plus saine...

Tant de Russes, avant lui, avaient dit cela! Il demeura un moment devant la fenêtre à contempler l'eau scintillante, essayant d'imaginer le fleuve en hiver, gelé sous un ciel blanc, au pied des palais couverts de neige.

– La fille de glace... murmura-t-il.

Fondait-elle, elle aussi, au printemps? Ce printemps dont elle avait fait surgir des images éphémères et colorées en dansant... Le duc revoyait la fine silhouette qui s'était avancée vers lui, les bras tendus, dans sa « vision », cet après-midi-là... Il se refusait à lui donner un nom. Il ne voulait pas admettre ce nom qui, pourtant, lui brûlait les lèvres.

Faisant brusquement volte-face, il se tourna vers son valet de chambre qui lui tendait son habit. Il l'endossa avec soulagement. C'était un bel habit de soirée qui sortait de chez Webston, le tailleur du prince de Galles. Il lui allait comme une seconde peau, sans un faux pli. Il avait remarqué que le Tsar regardait ses vêtements avec une admiration mêlée d'un soupçon d'envie.

Il ne restait plus qu'à fixer ses décorations que le valet de chambre sortit avec précaution de leurs écrins de velours. Le duc jeta un coup d'œil critique à son image dans la psyché – un véritable objet d'art avec ses sculptures et ses dorures, une pièce unique.

Il n'avait plus que quelques minutes pour arriver à l'heure aux appartements impériaux. Il se précipita dans les couloirs interminables qui lui semblaient chaque jour plus longs.

Quand un nouveau Tsar montait sur le trône, il choisissait un appartement situé dans une partie du Palais opposée à celle où avait vécu son prédécesseur. Les appartements du Tsar Alexandre plaisaient beaucoup à Welminster.

Alexandre était le premier Romanov qui aimait la simplicité. Il avait rejeté la pompe dont s'entouraient ses ancêtres et considérablement réduit l'étiquette. Il ne portait aucun bijou et avait interdit aux cavaliers de descendre de cheval pour le saluer quand ils le rencontraient.

Il se montrait familier, accessible, allant d'un invité à l'autre quand il y avait une réception, employant le langage de tout le monde, ne répugnant pas à dire : « Je vous prie de m'excuser... » ou « Veuillez me faire l'honneur de... »

Malheureusement, en Russie, ces manières, loin de lui apporter quelque prestige, diminuaient le respect et l'admiration qu'on lui devait.

Le duc avait pourtant de la sympathie pour lui. Il l'avait toujours aimé pour ses tentatives de gouverner mieux et autrement que son père fou et que la Grande Catherine. Le Tsar se heurtait aussi à bien des difficultés en s'attaquant à la hiérarchie et à l'étiquette qui étaient les vrais maîtres de la Cour de Russie. De plus, le duc avait lu les rapports de l'ambassadeur d'Angleterre sur l'extrême misère du peuple russe, et il savait que le luxe invraisemblable du Palais Impérial n'avait rien à voir avec la véritable Russie.

L'ambassadeur avait décrit ces hommes et ces femmes qui vivaient entassés dans des caves, n'ayant pour dormir que des bancs ou de simples fagots de bois posés à même la terre humide.

La fin du texte revint brusquement à l'esprit du duc : « Ils sont soixante, quatre-vingt ou peut-être cent mille à ne pas manger à leur faim dans cette ville. Hébétés par l'alcool, ils sont à peine couverts de mauvais haillons. La plupart sont trop abrutis par la misère pour parler. Ils sont juste capables de faire les quelques gestes qui leur permettent de survivre. Ne pas mourir, ne pas être ensevelis dans le sol glacé est tout ce qui compte pour eux. Ils représentent la lie d'une nation de quatre-vingts millions d'habitants. On ne peut rien faire pour eux. Et personne ne s'en préoccupe si peu que ce soit. »

Le duc eut soudain l'impression d'étouffer. Il

éprouva un violent désir de quitter ce pays et cette société raffinée trop séduisante, beaucoup plus qu'il ne l'avait imaginé et qui lui paraissait maintenant intolérable.

« Il faut que je m'en aille », se répéta-t-il, étonné lui-même de la violence de son dégoût.

Tania entra brusquement dans la chambre où Zoia était occupée à recoudre sur sa robe un volant de dentelle déchiré.

— Maman vient de me demander de l'accompagner chez ses amis. Je lui ai demandé de vous emmener mais elle tient à ce que j'y aille toute seule! s'exclama la jeune fille, furieuse.

— Mais c'est normal! D'ailleurs, je serai toujours là quand vous reviendrez, répliqua calmement Zoia.

— Je veux que vous veniez! C'est tellement plus amusant quand nous pouvons bavarder ensuite sur les gens et les choses que nous avons vus.

— Vous me raconterez tout à votre retour et ce sera tout aussi amusant, déclara Zoia.

— Pas pour moi! Je me demande pourquoi maman est si contrariante. Elle sait bien, pourtant, que nous aimons être ensemble!

Zoia sourit, espiègle.

— Quand trois femmes arrivent sans homme pour les accompagner, cela crée toujours un certain embarras pour la maîtresse de maison. Allez-y et amusez-vous bien, ma chérie! Et ce soir, nous imaginerons un nouveau thème de ballet pour faire plaisir à votre mère.

Sautant du coq à l'âne, Tania s'exclama :

— Je voudrais danser avec l'Anglais qui est venu nous rendre visite hier! Maman m'a dit qu'il avait un jeune frère et qu'il veut me le faire connaître... Comme je suis impatiente d'être en Angleterre! Espérons que nous partirons bientôt!

Zoia remarqua que Tania avait dit « nous » mais

elle ne le releva pas et se contenta de lisser les cheveux de Tania et de l'embrasser.

– Ne faites pas attendre votre mère. Vous êtes très jolie et je suis certaine que tout le monde va vous faire mille compliments.

– J'aurais tant voulu que vous veniez aussi! répéta Tania avant de partir en courant.

Zoia allait reprendre son ouvrage. Puis elle se ravisa et, l'abandonnant sur la table, quitta la pièce et descendit rapidement l'escalier. Elle préférait profiter de ces heures de tranquillité pour déchiffrer les nouvelles partitions arrivées de Moscou le matin même.

Elle avait reçu une lettre de son père. Après lui avoir décrit le succès triomphal qu'avait remporté son concert la veille, il écrivait :

« Il court des bruits inquiétants. Les alarmistes provoquent une certaine panique bien inutile. Je suis content que tu sois à Saint-Pétersbourg, bien sûr, mais tu me manques beaucoup et je languis que nous soyons réunis, sache-le bien. Ne te fais aucun souci pour moi et amuse-toi. Je t'aime tendrement, ma très chère petite fille; chaque fois que je joue « notre » musique, je sens que nous sommes tout près l'un de l'autre. »

Zoia ne cessait de relire cette lettre depuis qu'elle l'avait reçue. « Il n'y a que papa, pensait-elle, qui sache parler ainsi à mon cœur et me rendre heureuse. »

Plus que tout, c'était la musique qui les rapprochait, et certaines compositions plus que d'autres. A ces moments-là leur communion d'esprit était un bonheur incomparable pour Zoia. Il lui semblait que son père était alors un peu moins malheureux; car il restait inconsolable depuis la mort de l'épouse qu'il n'avait cessé d'adorer depuis le jour où ils s'étaient enfuis ensemble.

Et c'était un amour comme celui-là que Zoia voulait vivre un jour. L'exemple de ses parents l'avait rendue exigeante. Jamais elle ne se contenterait de sentiments médiocres et elle ne pourrait se donner qu'à un époux capable de lui faire en retour le don total de lui-même. La musique seule lui permettait d'exprimer ces sentiments absolus.

Vallon avait composé de nombreux morceaux inspirés par son immense amour pour son épouse. En les jouant, Zoia exprimait pour elle seule son attente de l'amour absolu dont elle rêvait.

Depuis le début de leur séjour à Moscou, deux ans auparavant, beaucoup d'hommes lui avaient fait la cour. Sa mère lui avait alors raconté en détail son passé, lui expliquant que lorsqu'on était une Strovolsky, c'était un crime impardonnable de s'enfuir comme elle avec le précepteur français engagé par la famille.

— Et pourquoi cela? avait demandé Zoia.

— Parce que dans les familles aristocratiques comme la mienne, on ne tient jamais compte de l'amour dans le mariage, en Russie pas plus qu'ailleurs. Mon grand-père s'est donné beaucoup de mal pour me trouver un mari digne de la famille. Un homme qui, parce que j'étais une Strovolsky, aurait fermé les yeux sur le fait que j'étais la fille du comte Orlov qui n'était pas marié avec ma mère. Un homme qui aurait accepté ma main avec condescendance au lieu de la demander comme une grâce. Et moi, je voulais être aimée. Je voulais connaître un grand, un véritable amour comme celui de maman pour le comte Orlov qu'elle n'a jamais oublié jusqu'à son dernier souffle. L'amour absolu...

Elle avait serré sa fille contre elle avant d'ajouter :

— Tu te trouveras un jour ou l'autre, dans la même situation que moi, ma chérie. Rappelle-toi alors que l'amour est tout ce qui importe dans l'existence. Un amour véritable, un amour comme celui que j'ai pour ton père, Zoia, mérite tous les sacrifices et plus encore. C'est le bien le plus précieux au monde.

Puis sa mère était morte et son père avait souffert au delà de tout. Cette immense douleur avait encore enrichi sa musique, l'avait rendue plus profonde, plus spirituelle, et il l'avait dirigée avec une inspiration plus extraordinaire que jamais.

Zoia en avait conclu que l'amour stimule, élargit les capacités naturelles et l'intelligence de ceux qui le vivent.

En descendant l'escalier, elle entendit Tania et sa mère sortir du palais. Elle n'en avait rien dit à Tania, mais elle savait pourquoi la princesse ne tenait pas à l'emmener chez ses amis. Non seulement elle était gênée de présenter la fille d'un musicien, français par surcroît. Mais surtout la princesse s'était aperçue qu'en société Tania était éclipsée par son amie. Or, en invitant Zoia elle n'avait pas prévu que celle-ci pourrait porter tort à sa fille adorée.

Zoia avait d'abord refusé de quitter Moscou, mais son père avait insisté.

– Le grand-duc devient de plus en plus dangereux, lui avait-il dit. Quand je ne suis pas avec toi, ma chérie, je ne cesse de me tourmenter. J'ai toujours peur qu'il trouve un moyen de forcer notre porte et cette anxiété permanente nuit à mon travail.

Zoia avait essayé un dernier argument :
– Et s'il me suit à Saint-Pétersbourg?
– Dans ce cas, la princesse saura bien mieux que moi t'en débarrasser.

Zoia savait que si célèbre que fût son père, il était extrêmement difficile à un musicien étranger de s'opposer à la volonté d'un grand-duc et de l'offenser. La princesse Ysevolsov, en revanche, était son égale et pouvait lui dire ce qu'elle pensait. Et elle ne lui permettrait jamais de se conduire de façon libertine avec une jeune fille qui lui était confiée, tant que celle-ci serait sous son toit.

Zoia avait donc fini par céder, tant par égard pour son père que par peur du grand-duc Boris.

Le convoi de la princesse Ysevolsov, au départ de Moscou, ne comptait pas moins de dix-huit berlines. Bien que fatigant, le voyage avait été fort intéressant. En traversant les villages, Zoia avait souvent eu les larmes aux yeux.

A plusieurs reprises au cours du voyage la princesse s'était arrêtée chez des amis. Elle avait pu constater que Zoia était la séduction même et elle avait bien regretté de l'avoir invitée.

C'était le grand-duc Boris qui avait surnommé Zoia la « fille de glace » et ce nom précédait partout la jeune fille. Si bien que, dans toutes les demeures où elle avait séjourné avec la princesse, les hommes l'avaient entourée, espérant tous être celui qui ferait fondre la glace...

Voyant Tania reléguée au second plan, la princesse en avait été extrêmement mortifiée. Certes, elle avait l'intention de marier sa fille brillamment. Apprendre à manœuvrer les hommes, à les flatter, à leur refuser ses faveurs et à les doser faisait partie de l'éducation d'une jeune fille. Et pour cela, Tania devait avoir du succès. Or, dès la seconde étape de leur voyage, il était devenu évident que Tania serait toujours éclipsée par la fille du musicien français. La princesse avait donc décidé d'agir.

A Saint-Pétersbourg, Zoia resterait à la place qui lui convenait, celle d'une demoiselle de compagnie qui devait enseigner le français à Tania. Ni plus ni moins. Plus question de l'emmener aux réceptions et aux soirées.

Sonya Ysevolsov n'était pourtant pas méchante. C'était même une femme bonne et généreuse qui comptait très peu d'ennemis. Mais dès que le bonheur de ses enfants était en jeu, elle pouvait devenir féroce. Et en l'occurrence, elle était prête à tout pour que Tania fasse un mariage magnifique.

Pour la princesse Ysevolsov, un beau mariage ne pouvait avoir lieu que dans un autre pays que la Russie. Elle connaissait trop bien le degré de décadence et de libertinage auquel en était arrivée la société russe sous les Romanov. Et elle ne connaissait pas un seul couple heureux autour d'elle.

Le Tsar lui-même, qui avait soulevé tant d'espoirs en montant sur le trône parce qu'il affichait des principes idéalistes et voulait les appliquer, était très vite tombé amoureux d'une femme dont il avait fait sa maîtresse. Polonaise, Maria Narychkina lui avait donné deux enfants et était d'une infidélité notoire.

En dépit de tout, le Tsar était plus galant homme que ses prédécesseurs, s'efforçant toujours, en public, de traiter son épouse avec la plus grande déférence. Le couple impérial était très populaire – on le citait en exemple dans toute l'Europe – mais on ne pouvait pas dire qu'il était heureux. Voilà pourquoi la princesse Ysevolsov ne voulait pas marier sa fille à un Russe. Loin de négliger la position sociale de son futur gendre, elle tenait par-dessus tout à ce que Tania soit heureuse.

Et ne trouvait-on pas d'excellents maris dans la noblesse anglaise? Des maris qui, en général, se satisfaisaient du bonheur que leur apportaient leur épouse et leurs enfants? Naturellement, il leur arrivait d'être infidèles, mais toujours avec discrétion. Leurs aventures n'empiétaient jamais sur leur vie familiale.

Quand la princesse avait appris l'arrivée de Welminster à Saint-Pétersbourg, elle s'était réjouie. Il était séduisant! Elle avait beaucoup flirté avec lui autrefois, à Londres et à Vienne. Mais les choses n'étaient pas allées bien loin parce qu'elle ne l'avait pas permis.

Bien qu'irrésistiblement attirée par lui, elle avait

résisté à la tentation. Et elle avait fait preuve de beaucoup de courage, car il était très empressé et tout disposé à devenir son amant. Dix ans après, à Saint-Pétersbourg, elle ne le regrettait pas. Ce serait en effet une bien plus grande victoire d'en faire son gendre. D'autant plus qu'il avait la réputation d'être un célibataire endurci. Mais combien d'hommes plus obstinés que lui avaient fini par changer d'avis!

En dépit de tous ces projets secrets, elle ne l'avait pas tout à fait chassé de son cœur, et ce jour-là, assise près de sa fille dans le carrosse qui les emmenait en visite, elle se mit à vanter les qualités du duc à Tania, lui décrivant avec enthousiasme ses richesses et la magnificence de ses demeures.

Pendant ce temps, Zoia pénétrait dans le salon de musique. Et elle aussi pensait à Welminster.

Comme il était étrange qu'elle se soit aperçue de sa présence dans la loge de la princesse, hier! En général, elle était si concentrée sur la musique, surtout composée par son père, qu'elle ne voyait rien d'autre que le monde de rêves qui l'absorbait tout entière.

Or, elle avait clairement distingué le duc, debout derrière la princesse, lorsqu'elle avait salué. Et au salon blanc, il lui avait fait une impression bien plus extraordinaire encore – il lui avait semblé qu'il n'était pas réel mais qu'il sortait tout droit de ce monde magique créé par la musique.

C'était la première fois de sa vie qu'elle éprouvait des sentiments aussi complexes envers un inconnu. Cet homme lui paraissait venu d'ailleurs et, en même temps, bizarrement familier. Tout cela était inexplicable.

Seule la musique pouvait traduire de telles impressions. Comme si le duc portait en lui une mélodie que Zoia était seule au monde à pouvoir déchiffrer.

Zoia était un être créateur avant tout. Elle parlait souvent avec son père du mystère de la création.

– Quand je compose, ma chérie, disait-il, j'ai un peu l'impression qu'une porte s'ouvre en moi, délivrant les notes et laissant venir la musique. Je n'ai qu'à écouter et à écrire.

Et Zoia, elle aussi, n'avait qu'à écouter ce qui chantait au plus profond d'elle-même pour que son corps trouve sans effort les pas et les mouvements exprimant le message de la musique. Son père et elle étaient totalement complices. Ils n'avaient pas besoin de mots pour s'assurer qu'ils comprenaient tous deux l'énigmatique et exaltante source de leur art.

En s'asseyant au piano, Zoia pensa avec une conviction qui la surprit elle-même que le duc, lui aussi, comprenait.

Elle joua d'abord quelques motifs du concerto qu'elle avait exécuté la veille pour le duc. Et soudain, comme cela arrivait à son père, elle sentit qu'une porte s'était ouverte en elle et qu'une musique nouvelle en jaillissait. Emportée, comme en transe, elle joua cette musique encore jamais entendue. Ses doigts obéissaient d'eux-mêmes.

Transportée ailleurs, hors du temps, elle joua longtemps. Brusquement, elle crut voir le duc qui la regardait de cette manière insistante qu'il avait la première fois au salon blanc. Puis elle revit son expression quand elle s'était arrêtée de jouer, la veille. Elle eut la certitude qu'il existait entre eux une miraculeuse communion d'esprit et d'émotions et qu'il avait pénétré toutes ses pensées.

Etait-ce possible? En tout cas, c'était ainsi.

A nouveau, elle joua. La musique emplissait la pièce. Et tout d'un coup, il fut là, comme si cette musique avait un pouvoir d'incantation magique et l'avait appelé. Il s'approcha du piano.

Zoia n'en fut pas même surprise. Elle lui jeta un regard et continua à jouer. Appuyé contre le piano, dans la même attitude que la veille, il écoutait. Après les derniers accords, il resta un moment silencieux puis il dit enfin :

— Je savais que je vous trouverais seule ici.

Elle leva la tête et le fixa dans les yeux.

— Comment pouviez-vous... le savoir ?

Il sourit.

— J'ai appris, hier soir, que la princesse devait aller au Palais Impérial cet après-midi. J'ai pensé que vous n'en seriez pas...

Il était difficile de trouver la réponse qui convenait, aussi Zoia ne dit-elle rien.

— Je ne sais pourquoi, reprit-il, en vous écoutant pendant que je montais l'escalier, j'avais l'impression que vous pensiez à moi. C'était étrange...

Elle l'enveloppa d'un regard troublé et murmura d'une voix basse :

— Oui, je pensais à vous... quand hier vous êtes entré si naturellement dans la musique de papa.

Il y eut un silence.

— Ce que vous venez de jouer là... est-ce vous qui l'avez composé ? demanda-t-il enfin.

— Oui... C'est la première fois que cela m'arrive, aujourd'hui... en pensant à vous.

On ne pouvait douter de la sincérité de Zoia, tant elle mettait de simplicité à formuler cette vérité – ce qui rendait l'instant plus bouleversant encore pour le duc.

— Zoia, que m'avez-vous fait ? demanda-t-il. Jamais je n'ai éprouvé de telles émotions... Je n'ai jamais été ainsi de ma vie !

— Comment... ainsi ? balbutia-t-elle très bas.

— Eh bien, je... je vois des choses, j'entends des choses... Je ne comprends pas ce qui m'arrive. Je ne suis pas du tout dans mon état normal.

— Que dites-vous là ? Si vous n'étiez pas dans votre état normal, vous n'auriez pas été capable de si bien comprendre hier, répondit-elle posément.

— Mais que se passe-t-il ? Cela aurait-il pu m'arriver aussi bien à Paris ou à Londres? Est-ce dû au climat de la Russie? s'écria-t-il avec violence.

La tête baissée, Zoia fixait obstinément le clavier. Puis elle se décida à répondre :

– Je crois que lorsque quelque chose nous arrive, c'est que cela doit nous arriver. On peut entendre cent fois la même mélodie, regarder cent fois la même gravure, admirer cent fois le même paysage sans y attacher d'importance, et puis un jour, tout à coup...

– ... Tout à coup, tout change, acheva-t-il. On a une vision! C'est-à-dire un phénomène auquel je n'avais jamais cru avant de venir ici.

Comme elle restait silencieuse, il reprit :

– Dès que je vous ai revue, Zoia, j'y ai cru. J'ai vraiment eu une vision! Et c'est pourquoi je suis ici, pour vous demander ce que vous m'avez fait? M'avez-vous jeté un sort?

Elle lui adressa un merveilleux sourire tel qu'il n'en avait jamais vu de plus beau.

– Pourquoi chercher des explications? C'est arrivé, voilà tout.

– Evidemment. Mais je suis un esprit curieux. Avez-vous déjà communiqué de cette façon avec d'autres hommes? demanda-t-il avec une pointe d'agressivité dans la voix.

– Avec mon père, oui, avec lui...

Le duc se sentit inexplicablement soulagé. Il avait tant redouté sa réponse!

– Préférez-vous en parler encore ou jouer?

– Vous, que préférez-vous?

– Les deux, dit-il en souriant.

Toujours appuyé sur le piano, il se pencha pour mieux la regarder. Elle leva ses jolies mains et les laissa aussitôt retomber sur ses genoux.

– Je... vous m'intimidez... Je n'arrive plus à me concentrer maintenant... parce que vous êtes près de moi, je crois... murmura-t-elle.

— Ainsi, vous pensez à moi... dit le duc de sa belle voix grave et chaude.

— Vous... vous désirez vraiment que je vous joue quelque chose ? balbutia Zoia.

Il l'enveloppa d'un regard attendri.

— Plus tard. Venez d'abord vous asseoir sur ce sofa et parlez-moi un peu de vous.

Il se redressa et s'éloigna du piano, mais Zoia ne bougeait pas. Toujours assise, elle expliqua timidement :

— Je crains que Son Altesse ne soit contrariée si elle apprend que vous êtes venu me voir en son absence.

Puis elle ajouta, comme si elle s'en rendait compte à l'instant seulement :

— De plus, nous sommes seuls...

— Qu'importe ? D'ailleurs, comment le saura-t-elle ?

— Elle le saura. Les domestiques le lui diront. En Russie, tout se sait toujours.

Zoia disait vrai. Le duc s'en était aperçu lorsque Katharina lui avait parlé de sa visite de la veille ici même.

Mais il se moquait des ragots. Ce que Katharina pouvait penser ou dire le laissait indifférent. Seulement, il n'était pas seul en cause. Il y avait Zoia. Il avait été incroyablement égoïste en cédant à son désir de la revoir et en venant ici.

Il avait la mauvaise habitude d'agir selon son humeur, sans se préoccuper de la gêne que cela pouvait apporter à autrui. C'était bien la première fois depuis très longtemps qu'il se demandait si cela pouvait avoir des conséquences fâcheuses pour une autre personne — c'est-à-dire pour cette douce enfant qui le regardait. Il soupira.

— Vous avez raison. Je dois donc vous quitter sur-le-champ... Pourtant, Dieu sait que je voudrais rester ! J'ai tant de choses à vous dire et tant d'autres à vous demander ! Mais je ne veux à aucun prix vous porter préjudice. Je vais vous laisser un message pour la princesse et partir aussitôt. Ainsi, ma visite n'aura pas de conséquence fâcheuse pour vous.

Zoia joignit les mains et chaque fois qu'elle faisait ce geste, le duc se sentait bouleversé.

— J'ai envie que vous restiez, moi aussi... Je voudrais vous écouter, vous parler... et je dois vous prier de partir...

Elle avait parlé tout bas.

— Je vous propose un compromis, dit-il. Je vais rester quelques instants encore. Mais nous ne perdrons pas une minute de cette chance qui nous est offerte d'être seuls.

Elle se leva et lui donna la main. Ils perçurent aussitôt les vibrations qui les unissaient mystérieusement. Au lieu de descendre de l'estrade, ils ne bougeaient plus. Zoia leva la tête et regarda le duc.

— J'aurais dû savoir que c'était ce qui arriverait, dit-il.

Zoia retira sa main et alla s'asseoir sagement sur le sofa, à l'autre bout du salon. « Comme elle est gracieuse, pensa-t-il. On dirait qu'elle flotte dans l'atmosphère! Il y a comme de la musique dans tous ses mouvements. »

Il vint s'installer près d'elle sur le sofa, de façon à pouvoir la contempler. Il cherchait à capter son regard mais elle baissait les yeux, silencieuse.

— J'ai beaucoup entendu parler de vous, hier soir, commença-t-il. On vous surnomme la « fille de glace »...

Zoia rougit légèrement.

— C'est un nom absurde qui m'a été donné par quelqu'un de stupide!

— Pourquoi?

— Parce que je ne suis pas de glace, sauf envers une certaine personne.

— Le grand-duc?

— Oui. Je ne l'aime pas. Et il essaie de faire peur à papa. Il menace...

— Comment cela? s'inquiéta le duc.

— Il le menace de le faire expulser de Russie. Il prétend que papa ne devrait pas être autorisé à diriger des concerts ici, à moins... à moins que... enfin que je fasse ce qu'il veut.

— C'est intolérable! s'indigna-t-il. Tout grand-duc qu'il soit, il n'a pas le droit de se conduire ainsi. Quel barbare!

— C'est ce que pense papa. Et il a dit au grand-duc qu'il ne pouvait intervenir dans la vie privée des gens, que la loi ne le permet pas. J'ai quand même très peur...

— Pourquoi?

— Le grand-duc est très obstiné, il n'hésite devant rien quand il veut quelque chose. J'ai aussi l'impression qu'il peut être très méchant, très cruel...

— Ici, à Saint-Pétersbourg, vous êtes en sécurité.

— Je l'espère. La princesse est très bonne... ajouta-t-elle d'un ton légèrement hésitant.

— Je suis certain qu'elle vous protégera efficacement, en tout cas. Si jamais vous aviez le moindre ennui, vous savez que je suis là.

Zoia le fixa longtemps. Il eut l'impression qu'elle sondait son cœur jusqu'au fond. Elle lui dit enfin, d'un ton posé :

— Vous ne devez à aucun prix être mêlé à une affaire qui risquerait de vous fâcher avec le Tsar. On dit qu'il vous aime beaucoup. Ce serait d'autant plus regrettable que tout ceci ne vous concerne pas personnellement. C'est une affaire entre Russes.

Il sourit.

— Mais vous n'êtes pas russe, enfin pas entièrement! Vous êtes à moitié française.

— C'est encore pire. L'Angleterre et la France sont en guerre!

— Bah! La Russie aussi.

— Je suis si soucieuse... Je voudrais être avec

papa, à Moscou. Si les Français entraient dans la ville, ce serait terrible!

— Je suis convaincu que les Russes feront tout pour empêcher l'armée de Napoléon d'arriver jusqu'à Moscou.

— Tout cela est si abominable, si inutile... J'aimais Paris quand j'étais petite fille et que j'y vivais. Papa est désemparé quand il pense que tant d'hommes se sont fait tuer pour la seule ambition de l'Empereur.

— Si je reste plus longtemps, vous aurez des ennuis, je le sais, dit-il soudain. Nous nous reverrons. Et jurez-moi que si vous aviez des difficultés, vous n'hésiteriez pas à me le faire savoir. Promettez-moi que vous le ferez.

— Je vous le promets, dit-elle doucement.

Il admirait sa force de caractère. Une autre aurait dramatisé, aurait tiré profit de la situation... Pas elle.

Ils se levèrent et le duc retint la main de Zoia entre les siennes avant d'y déposer un baiser léger. Elle frémit à la caresse de ses lèvres.

— Prenez bien soin de vous, dit-il.

Et il sortit sans se retourner.

Zoia demeura un moment immobile. Puis elle porta ses mains à son cœur comme pour apaiser le tumulte qui l'agitait tout entière.

4

La première personne à qui la princesse Ysevolsov et sa fille Tania rendirent visite à Saint-Pétersbourg, fut une très vieille tante qui vivait dans un fabuleux palais bâti sur les rives de la Néva.

Très âgée, elle avait connu tant d'événements tragiques au cours de son existence que le règne d'Alexandre lui semblait plutôt paisible. Elle était cependant une fidèle admiratrice du Tsar à cause de son charme et de sa prestance. Il y avait quelque temps, Mme de Staël, la femme de lettres française qui ne cessait de faire l'apologie du Tsar, était venue la voir et lui avait parlé avec émotion de l'admirable droiture avec laquelle il s'occupait des intérêts de l'Europe.

– Alexandre, disait la vieille dame, est le souverain dont les Russes avaient besoin depuis des siècles. Vous verrez que l'histoire lui donnera la place qu'il mérite...

Tania s'ennuyait ferme et essayait de tuer le temps en admirant les objets d'art dont le palais regorgeait.

Quand la visite fut enfin finie, sa mère lui dit :
– Il y a au moins une personne à Saint-Pétersbourg qui est satisfaite du Tsar! Je suis certaine que ce sera la seule et unique fois où nous entendrons vanter avec tant d'enthousiasme les qualités de Sa Majesté Impériale...

— Moi, je crois que tout le monde admire le Tsar, maman. Il est si beau! Et il est tellement imposant, en uniforme! répondit Tania.

La princesse se mordit les lèvres pour ne pas exprimer son amertume et, changeant de sujet, elle se mit à parler du duc.

— Il faut absolument que tu lui manifestes de l'intérêt, Tania. Tu lui souriras, tu lui demanderas son avis au sujet de tout. Et surtout, ne va pas l'ennuyer avec des lieux communs pour parler à tout prix, n'est-ce pas?

— Comment ça, des lieux communs, maman?

Déconcertée, la princesse regarda sa fille. Elle devait bien admettre, une fois de plus, que tout en étant d'une exceptionnelle beauté, Tania avait peu de chances de plaire au duc. Elle n'était pas assez intelligente pour intéresser ou même amuser un homme aussi subtil.

Elles arrivèrent au Palais d'Hiver où la princesse demanda si la Tsarine pouvait lui accorder une audience. Elisabeth Feodorovna avait toujours beaucoup aimé la princesse Ysevolsov, et celle-ci ne fut pas surprise quand on vint lui dire que la souveraine se réjouissait de la voir.

Tania fut introduite avec sa mère dans les appartements privés de la Tsarine. Là encore, la jeune fille fut fascinée par les merveilleux objets d'art qui encombraient chaque meuble.

Malheureusement, la conversation lui parut aussi ennuyeuse que chez leur vieille tante. L'angoisse du Tsar devant l'avancée de l'Armée française l'avait rapproché de son épouse et celle-ci, malgré ses craintes pour la Russie, n'avait jamais été si heureuse. Le Tsar délaissait Maria Narychkina pour venir chercher du réconfort auprès de la Tsarine qui le lui accordait de bon cœur.

Admirant sa patience et son énergie, la princesse le lui dit avec sincérité :

— Vous êtes tellement courageuse...

– J'essaie de l'être. Mais je ne devrais pas vous parler de mes affaires personnelles quand ma chère Russie, qui est pour moi un enfant bien-aimé, est si cruellement éprouvée... Je suis certaine que Dieu ne nous abandonnera pas. Mais le pays va souffrir, et moi avec lui. Je partage toutes ses convulsions et toutes ses angoisses, répondit la Tsarine.

La princesse lui serra affectueusement les mains, lui assurant qu'elle partageait ses peines.

Puis, se maîtrisant, la Tsarine se mit à parler avec plus de calme de l'institution qu'elle avait fondée pour recueillir les orphelins de guerre. Elle expliqua comment elle avait réussi, pour réunir les fonds nécessaires, à économiser les neuf dixièmes de la somme qui lui était allouée chaque année pour ses bonnes œuvres.

Il était assez tard, et la princesse espérait que la Tsarine allait mettre fin à l'audience, quand la porte s'ouvrit. Une dame d'honneur apparut, visiblement affolée.

– Votre Majesté... Madame! cria-t-elle.

L'Impératrice se leva aussitôt, et demanda avec angoisse :

– Que se passe-t-il? Parlez!

– On dit que l'Armée française se dirige sur Saint-Pétersbourg, répondit la dame d'honneur d'une voix oppressée.

– C'est impossible! affirma la Tsarine.

– Le capitaine de la Garde d'Or vient de me le dire, Madame! Il paraît que le gouvernement est en train d'organiser l'évacuation des objets de valeur!

– Je ne puis y croire, répliqua calmement la Tsarine. Mais je vais voir immédiatement Sa Majesté Impériale.

Elle quitta la pièce et la princesse, prenant Tania par la main, entreprit de regagner le vestibule pour rentrer au plus vite chez elle.

Les couloirs étaient envahis de gens qui couraient

de tout côté, parlaient fort et disaient les pires folies. Il y avait là des chevaliers de la Garde avec leurs cuirasses dorées, des évêques vêtus les uns du simple *kolbouk* blanc, les autres de leurs lévites et de leurs hautes toques d'où tombait le long voile noir, un peu plus loin des Noirs herculéens portant le *skorohod* et que l'on appelait les Arabes de la Cour.

La princesse se heurta soudain à l'une de ses amies qui lui cria d'une voix suraiguë :

– C'est intolérable! Il est inconcevable que nous puissions être menacés ici! On va arrêter l'ennemi avant qu'il arrive jusqu'à nous, n'est-ce pas?

– J'en suis certaine, répondit froidement la princesse.

Son amie continuait à crier d'un ton hystérique :

– Jamais plus je ne prononcerai un seul mot de français, j'en fais le serment! J'aimerais mieux me couper la langue! Tous les Français – hommes ou femmes – qui sont à Saint-Pétersbourg devraient être jetés en prison ou expédiés en Sibérie!

Elle crachait les mots, comme un serpent crache son venin, à travers les couloirs du palais, alertant et affolant tous ceux qui passaient. Et cette foule repartait, hurlant et maudissant les Français et Napoléon, leur chef.

La princesse fut soulagée de retrouver son carrosse qui l'attendait dehors. Dès qu'il se fut ébranlé, Tania demanda d'un air terrifié :

– Est-ce que les Français vont nous tuer, maman?

– Ayez confiance. Votre père et l'Armée russe les arrêteront bien avant qu'ils n'approchent de Saint-Pétersbourg, lui dit sa mère très fermement.

Mais au fond d'elle-même, elle était fort inquiète et murmura une petite prière.

Le calme du palais Ysevolsov faisait un étrange contraste avec le tumulte du Palais d'Hiver. Il était clair que les nouvelles n'étaient pas parvenues jusqu'ici. Les domestiques ne savaient encore rien.

Lorsque la princesse entra dans le vestibule, le majordome s'avança et déclara du ton paisible et solennel qui lui était habituel :

– Sa Grâce le duc de Welminster est venu vous rendre visite pendant que vous étiez sortie.

Contrariée, la princesse fronça les sourcils.

– Lui avez-vous dit à quelle heure je devais rentrer ?

– Il ne me l'a pas demandé. Mais comme il a parlé un moment avec Mlle Vallon, elle l'en a certainement informé.

– Il a parlé avec Mlle Vallon ? demanda la princesse d'une voix aigre.

– Il m'a demandé si elle était là et je lui ai répondu qu'elle se trouvait au salon de musique, précisa le majordome.

La princesse serra les lèvres. Elle avait remarqué le regard étrange que le duc avait posé sur Zoia quand elle la lui avait présentée. Elle y avait d'ailleurs repensé plusieurs fois depuis la veille. En fait, leur attitude à tous deux avait été un peu bizarre. Le duc avait d'ailleurs manifesté un certain intérêt pour la jeune fille, avant même de la voir au salon blanc. Autant d'indices qui ne plaisaient pas à la princesse, qui fut brusquement envahie par la colère.

Sans un mot, elle laissa Tania et fonça dans l'escalier. Avant d'atteindre le haut des marches, elle entendit le son du piano : Zoia était encore au salon de musique.

Elle ouvrit brusquement la porte. Zoia, assise au piano, jouait de mémoire, la tête droite, les yeux au ciel, apparemment seule au monde.

Une expression de bonheur radieux inondait son visage et son regard brillait. Elle n'avait jamais été aussi jolie.

La princesse claqua violemment la porte derrière elle, la fermant au nez de Tania qui l'avait suivie.

Le bruit fit redescendre Zoia sur terre. Elle cessa de jouer et se leva lentement, tandis que la princesse la rejoignait et s'écriait d'un ton très sec :

– On me dit que le duc de Welminster est venu ici?

– Oui, madame, répondit Zoia d'une voix douce.

– Est-il resté longtemps?

– Peu de temps, madame.

– Mais combien de temps? s'impatienta la princesse.

– Je ne saurai le dire exactement, avoua Zoia.

La voix de la princesse se fit plus dure encore :

– Vous savez aussi bien que moi que vous n'avez pas le droit de recevoir des hommes en mon absence. Je n'aurais jamais cru que vous oseriez vous comporter de cette façon chez moi. C'est une conduite que je n'accepte pas!

– Je suis vraiment désolée mais je n'y suis pour rien. Le duc est entré ici sans prévenir. Quand il a su que vous étiez sortie, il m'a juste adressé quelques mots, par politesse, avant de partir.

– Et que vous a-t-il dit? De quoi avez-vous parlé?

Zoia hésita un peu, puis elle se décida à dire la vérité, de sa voix douce, comme à regret :

– De mon père et de musique...

La jeune fille avait répondu d'un ton calme. Elle avait l'air sincère. Il était évident qu'elle ne mentait pas et cela aurait dû apaiser la princesse. Mais au contraire, l'innocence de Zoia dans cette affaire ne fit qu'attiser sa colère. « Ainsi, se dit-elle, cette petite, qui ne fait rien pour attirer l'attention des hommes, les fascine tous! Et même Blake! »

Tout le ressentiment qu'elle accumulait depuis qu'elle s'était aperçue que Zoia éclipsait involontairement Tania fit surface. La rage qui bouillonnait en elle explosa. Incapable de se contenir, elle jeta les premières paroles blessantes qui lui vinrent à l'esprit à la jeune fille consternée.

– Vos compatriotes marchent sur Saint-Pétersbourg! Le saviez-vous? Les voilà maintenant qui menacent nos vies, nos demeures, nos églises, notre Tsar, tout ce que nous possédons de plus précieux et de plus sacré! Vous feriez mieux de partir retrouver votre père, Zoia! Vous n'imaginez tout de même pas que je vais abriter sous mon toit une ennemie de mon pays!

Zoia avait écouté ce terrible discours avec stupeur, puis avec épouvante. Dès que la princesse se tut, elle répondit très dignement :

– Je comprends parfaitement, madame. Je pars immédiatement pour Moscou. Il me reste à vous remercier pour votre hospitalité et à vous répéter combien mon père et moi vous en resterons reconnaissants.

Elle fit une révérence très correcte dans un mouvement qui la fit paraître plus jeune et gracile que jamais. Sans doute la princesse Ysevolsov y fut-elle sensible, car elle dit d'une voix radoucie :

– Je vais faire préparer une berline de voyage pour vous, et je vais choisir parmi mes gens les plus sûrs ceux qui vous accompagneront. Il vous faut une bonne escorte pour assurer votre sécurité.

Zoia la remercia encore et fit une dernière révérence avant de quitter la pièce.

Le duc de Welminster se trouvait auprès du Tsar au moment où la rumeur publique répandit la nouvelle que Napoléon s'avançait avec son armée sur Saint-Pétersbourg.

Le Tsar lut une dépêche qu'on venait de lui apporter et, soudain très pâle, la tendit au duc sans un mot. Celui-ci déchiffra cet étrange message gribouillé d'une écriture presque illisible. Puis il regarda le Tsar et déclara, catégorique :

– Très franchement, Sire, je n'en crois rien.

– Pourquoi?
– Parce que si c'était vrai, ce serait le général Koutouzov qui vous l'aurait annoncé, et personne d'autre!
– Cette dépêche n'est-elle pas de lui?
– Mais non, Sire, voyez... elle vous est adressée par le comte Povolsk. Il faisait partie de votre suite, peut-être vous en souvenez-vous, lorsque vous êtes venu à Vienne.
– En effet, je m'en souviens.
– Le comte Povolsk m'a toujours fait l'effet d'être un dangereux dilettante amateur de potins. J'ignore quel est son grade actuel dans l'Armée, mais je suppose qu'il ne doit pas être très élevé.

Le Tsar arracha la dépêche des mains du duc et la relut.

– Vous devez avoir raison, dit-il. Mieux vaut ne pas y accorder trop de crédit et attendre une confirmation de la nouvelle par Koutouzov.

Le duc quitta les appartements du Tsar et s'aperçut aussitôt que malheureusement cette dépêche avait été lue par les membres du gouvernement avant d'être remise au Tsar et que le courrier qui l'avait apportée avait révélé son contenu partout.
« Jamais une chose pareille ne se serait produite en Angleterre », pensa le duc.

Quand il constata que la panique s'était emparée, non seulement des habitants du Palais Impérial, mais de toute la ville, il fut atterré.

Les familles nobles avaient déjà emballé en toute hâte leurs trésors les plus précieux qu'ils entassaient dans des voitures avant de fuir dans leurs domaines à la campagne.

Dans la ville désertée par les riches, les pauvres restaient sans protection, ne sachant que faire. Sans doute mettaient-ils leur dernier espoir dans le Tsar, car une foule de malheureux s'était rassemblée devant le Palais d'Hiver et attendait.

Le duc se répétait que Napoléon n'avait aucune

raison de venir à Saint-Pétersbourg, puisqu'il était beaucoup plus près de Moscou qui semblait bien être l'objectif qu'il s'était fixé depuis longtemps. « S'il avait déjà pris Moscou, peut-être... Alors, ce serait différent », songeait-il.

Ayant été lui-même soldat, il lui semblait évident que Saint-Pétersbourg ne pouvait être le but immédiat de Napoléon. Il aurait aimé pouvoir en discuter avec quelqu'un de compétent et de lucide, mais où trouver une telle personne aujourd'hui, dans cette ville ?

Finalement, il passa à l'ambassade d'Angleterre où il apprit quelque chose qu'il ne savait pas encore. Lord Cathcart lui confia que celui qu'on appelait en Russie le « général anglais » – c'est-à-dire Sir Robert Wilson – se trouvait sur les champs d'opérations aux côtés des Russes.

Sir Robert avait acquis la réputation d'expert de la guerre russe, à la suite de la publication, deux ans plus tôt, d'un livre sur ce sujet. Tous les spécialistes de l'art militaire l'avaient lu et analysé, y compris Napoléon. Et Sir Robert avait été rappelé de Turquie par le gouvernement britannique pour être envoyé sur le front russe. Il y était arrivé pour assister à la chute de la ville de Smolensk.

– Il est avec nous maintenant, et j'attends le rapport qu'il doit m'envoyer, dit Lord Cathcart d'un ton satisfait. Vous comprenez certainement, mon cher, que j'attacherai toujours beaucoup plus de crédit aux informations de Sir Robert qu'aux communiqués des Russes qui ont tant de fois trompé leur Tsar...

– Cette nouvelle me fait grand plaisir, assura le duc. Et puisque vous attendez un courrier d'un moment à l'autre, j'ai bien envie de rester pour l'attendre avec vous.

Cependant, le rapport de Sir Robert Wilson n'arriva que fort tard dans la soirée, bien après l'excellent dîner auquel Welminster avait été convié.

La même anxiété se lisait sur le visage du duc et sur celui de l'ambassadeur tandis que ce dernier faisait sauter les cachets et ouvrait le pli. Il le lut rapidement et, avec un soupir de soulagement, le tendit au duc.

Sir Robert Wilson y déclarait qu'il venait de comprendre la stratégie de Koutouzov. Celui-ci avait fait reculer brusquement son armée devant les Français pour engager la bataille devant Moscou et défendre la ville.

« Moscou est l'objectif de Napoléon. Il est évident qu'il faut l'empêcher de l'atteindre », concluait Sir Robert.

Le duc releva la tête et regarda l'ambassadeur avec un grand sourire.

– J'étais certain que la panique qui s'est emparée de Saint-Pétersbourg n'avait aucune raison d'être.

– Moi aussi, dit Lord Cathcart. Maintenant, je dois aller avertir le Tsar. Et je vous serais infiniment reconnaissant, cher ami, de bien vouloir répandre la nouvelle partout où vous le pourrez, après en avoir informé tous les membres du gouvernement que vous retrouverez.

Ce n'était pas une tâche facile. Il fallut trois bonnes heures au duc pour joindre tout ce monde. Mais il eut la satisfaction de réussir, avec l'ambassadeur, à arrêter de nombreuses mesures inutiles et néfastes inspirées par la panique, et d'empêcher le départ massif des nobles et des gens importants de la ville.

Il regagna sa chambre exténué, espérant que Katharina ne viendrait pas le rejoindre cette nuit.

Il n'avait pas eu un instant, au cours de cette journée fiévreuse, pour penser à sa réaction, la nuit précédente, lorsque la jeune femme avait ouvert la porte secrète et pénétré dans sa chambre. Tandis qu'elle s'avançait, dans un déshabillé provocant, il avait subitement compris qu'elle avait perdu tout attrait à ses yeux.

Ce qui s'était passé entre eux n'était jamais qu'une expérience passionnelle vécue par deux êtres rompus aux subtilités d'un art d'aimer sophistiqué. Et le fait que Katharina fût chargée de l'espionner, ajoutait un certain piquant à leur aventure amoureuse. Mais soudain, le duc sut qu'il avait radicalement changé. Katharina était toujours aussi désirable et pourtant, elle ne l'attirait plus.

Il n'était pas encore déshabillé quand elle était arrivée. Son valet de chambre avait seulement emporté son habit et rangé ses décorations. Il avait retiré sa haute cravate mais gardé sa chemise de baptiste, sa culotte de satin noir et ses bas de soie, retenus par les jarretières ornées de diamants.

Avant que Katharina ait eu le temps de lui demander pourquoi il n'était pas encore couché, il avait dit avec brusquerie :

– J'ai d'importantes lettres à écrire, Katharina. Et je vais être occupé jusqu'à l'aube.

Sans se laisser démonter, elle avait souri.

– Je vais les écrire avec vous. Vous savez combien votre courrier m'intéresse...

– Malheureusement, ces lettres seront en code et je doute que vos compatriotes aient réussi à s'emparer de notre grille malgré toute la peine qu'ils se sont donnée pour nous la subtiliser.

– Aucune importance, mon cher, mon adorable Blake, vous me les traduirez.

– Pouvez-vous croire un seul instant que je sois capable d'une telle trahison ? Vous ai-je jamais demandé de me communiquer vos rapports confidentiels ?

– Je le ferai quand vous voudrez, avait-elle soupiré. Mais vous oubliez que pour moi, vous n'êtes pas un diplomate... mais seulement un homme. Et un homme qui me plaît.

Sans se laisser émouvoir par la douceur de sa voix, le duc avait répliqué sèchement :

– Retournez dans votre chambre, Katharina, et laissez-moi travailler.
– Comme vous êtes cruel... avait-elle gémi en s'approchant quand même de lui.

Et l'entourant de ses bras, elle avait posé ses lèvres sur son épaule, puis embrassé son cou avec ardeur. Le duc était resté de marbre, étonné de sa propre froideur après une si sauvage et violente liaison avec cette femme superbe.

Se retournant, il avait soulevé le menton de Katharina pour l'obliger à le regarder. Il avait plongé son regard un long moment au fond des yeux brûlants de passion de la jeune femme, qui lui offrait ses lèvres. « Comment est-il possible qu'elle ne me plaise plus ? » s'était-il demandé. Et la réponse s'était aussitôt imposée à lui, évidente.

Katharina avait fini par se décider à le quitter. Une fois seul, il était allé vers la fenêtre et avait ouvert les rideaux pour respirer l'air de la nuit. Il faisait chaud. Pas un souffle de vent.

Immobile devant la nuit russe, il pensait à la musique que Zoia lui avait jouée, ce concerto composé par son père et intitulé *La Fonte des glaces*. Et ce fut l'évidence : le cynisme qui avait longtemps gelé son cœur et son âme était en train de fondre. Il ne croyait plus désormais, comme il l'avait toujours affirmé, qu'il y avait deux sortes de femmes : celles que l'on désirait et celles que l'on ne désirait pas. Car cette nuit-là, ce n'était pas une barrière physique qui l'avait séparé de Katharina, mais une barrière spirituelle.

Il s'était senti l'âme d'un chevalier médiéval qui entrait en lice pour un tournoi en arborant les couleurs de sa Dame.

Lui-même avait du mal à croire à un tel changement. Pourtant, c'était ainsi. La musique de Zoia l'entraînait vers une vie nouvelle, réveillant son âme et son cœur d'un très long sommeil.

Dès le lendemain de la panique qui avait saisi Saint-Pétersbourg, la vie reprit son cours normal au Palais d'Hiver.

Les grenadiers de la Garde étaient à nouveau impassibles comme des statues lorsque le duc passa devant eux pour emprunter la galerie menant chez le Tsar. Les officiers allaient et venaient, aussi guindés que d'habitude, et ils saluaient Welminster avec tout le respect et la dignité qui convenaient, comme si les désordres de la veille n'avaient jamais eu lieu.

Le Tsar était d'excellente humeur. La Bible lui avait confirmé que l'Armée française n'atteindrait jamais Moscou, car Koutouzov serait guidé et protégé par Dieu.

Le duc l'écouta respectueusement tout en pensant à autre chose. Et, dès qu'il put s'échapper, il se fit conduire au palais Ysevolsov.

Tout à coup, pensait-il, étant donné l'amitié qui le liait à la princesse, la courtoisie exigeait qu'il aille l'informer que Saint-Pétersbourg n'avait jamais été menacée par une invasion de l'Armée française. Mais cela n'était que le meilleur prétexte qu'il avait trouvé pour revoir Zoia.

La veille, il avait longuement pensé à elle, avant de s'endormir. Puis elle était apparue dans ses rêves. En réalité, Zoia le hantait, même s'il se refusait à l'admettre tout à fait et s'il accusait encore « l'atmosphère » de la Russie du changement qui s'était opéré en lui.

En arrivant au palais Ysevolsov, il fut soulagé de ne pas voir de voitures chargées de bagages dans la cour. Il demanda si la maîtresse de maison pouvait le recevoir, et on le conduisit bientôt auprès de la princesse.

Elle était assise à son secrétaire, occupée à écrire, quand le valet introduisit Welminster au salon. Elle poussa un cri de joie et se leva pour l'accueillir.

– Blake! Quel bonheur de vous voir! Enfin quelqu'un qui va pouvoir répondre à toutes les questions que je ne cesse de me poser, s'exclama-t-elle.

– J'espère que vous savez que la panique d'hier n'avait pour origine qu'une fausse nouvelle répandue par cet affreux bavard de comte Povolsk?

La princesse se mit à rire.

– J'aurais bien dû deviner que Félix était la cause de toute cette histoire! Mais hier soir, un ami qui sortait de chez Lord Cathcart est venu me rassurer.

– Quoi qu'il en soit, je suis certain que vous n'êtes pas femme à perdre votre sang-froid, dit-il, flatteur.

– Je fais apporter des rafraîchissements... Que préférez-vous? Du café? Du vin doux?

– Je prendrai volontiers du café.

La princesse agita une clochette en or ciselé et donna des ordres. Lorsque le valet eut disparu, le duc demanda :

– J'espère que Zoia Vallon n'a pas été trop bouleversée par les rumeurs d'hier? Elle doit se faire beaucoup de souci pour son père resté à Moscou...

– Pierre Vallon est français, répliqua la princesse, très froide, et après l'émotion que nous avons eue hier, il est difficile de ne pas considérer les Français comme nos ennemis!

– Je ne peux croire que vous pensiez cela de Pierre Vallon et de sa fille? dit-il, stupéfait.

– Que voulez-vous, Blake, quand mon mari risque à tout instant d'être tué par une balle française, j'ai du mal à accorder ma sympathie à des Français, quels qu'ils soient.

Très surpris par cette attitude si éloignée de la nature généreuse de la princesse, le duc redouta aussitôt que Zoia n'en ait été victime.

– Pourrais-je parler à la fille de Pierre Vallon?

demanda-t-il. Votre façon de voir les choses a dû beaucoup l'affecter, je le crains.

– Pourquoi vous en soucier? Qu'est-elle pour vous?

– Eh bien, ses talents de danseuse et de pianiste m'ont beaucoup impressionné, expliqua-t-il prudemment.

Il tenait à parler du piano afin que la princesse sache qu'il n'avait rien à cacher. Ses domestiques l'avaient sûrement mise au courant de sa visite de la veille et de la séance de musique.

– Je suis bien de votre avis, dit-elle. Zoia est extrêmement douée, mais si nous parlions d'autre chose, mon cher Blake? Nous n'allons pas nous quereller pour une enfant qui n'est chez moi que pour enseigner le français à ma fille!

– Certainement pas! Cependant, permettez-moi d'insister... J'aimerais parler à Zoia. Vous ne songez tout de même pas à me l'interdire!

Le regard de la princesse se durcit, mais ce fut d'un ton léger qu'elle reprit :

– Quelle idée, cher Blake! Mais j'avoue que vous me surprenez... Je croyais que les jeunes filles ne vous intéressaient pas? Puisque je me trompe, pourquoi ne pas vous occuper de ma petite Tania?

– Tania?... Mais elle s'entendra merveilleusement avec mon jeune frère, je vous l'ai dit. Et je vous ai promis de donner un bal en son honneur quand vous l'amènerez à Londres.

– C'est merveilleux! s'écria la princesse, soudain toute joyeuse. Vous êtes trop bon, Blake! Grâce à vous, l'entrée de Tania dans le monde sera remarquable!

Elle avait dit cela en français et elle se mit à rire, portant la main à sa bouche en signe de confusion.

– Oh! j'ai parlé français, quand tout le monde jure de ne plus jamais le faire... Mais dans quelle autre langue évoquer ce monde enchanté dont vous êtes l'une des plus brillantes personnalités?

Le duc eut un sourire indulgent et pourtant, dans son for intérieur, il se sentait plutôt excédé.

– Vous me flattez, Sonya, dit-il. Mais je suis têtu! Et je veux parler à Zoia.

La princesse le défia du regard une seconde, puis elle sourit et déclara avec un grand calme :

– C'est malheureusement impossible.

– Impossible?

– Oui. Elle est partie ce matin, à l'aube, pour Moscou.

– Vous ne l'avez pas... mise dehors?

– Je l'ai simplement envoyée retrouver son père!

– Mais pourquoi?

– Parce qu'elle est française. J'ai estimé qu'elle n'était plus en sécurité ici, à Saint-Pétersbourg. Souvenez-vous qu'hier les esprits étaient tellement montés contre ses compatriotes.

– Et vous avez pensé que Moscou, qui va être incessamment sous le feu des soldats de Napoléon, était un endroit plus sûr? dit-il d'un ton cinglant.

Elle parut moins sûre d'elle, tout à coup, et elle s'écria avec une feinte désinvolture :

– Mais enfin, Blake, tout cela ne vous regarde pas! J'ai agi comme je l'entendais avec une fille qui est à peine plus qu'une domestique. Je suis chez moi! Ce sont mes affaires!

Le duc se leva brusquement.

– Vous ne partez pas? s'affola-t-elle.

– Si, je pars, Sonya. Au revoir, annonça-t-il.

Il s'inclina pour lui baiser la main et sortit rapidement.

De retour au Palais d'Hiver, il ordonna à son valet de chambre de faire ses bagages. Puis il se dirigea vers les appartements du Tsar. Celui-ci étant en conférence avec ses ministres, le duc dut attendre un bon moment avant d'être introduit.

– Que se passe-t-il, Welminster? Qu'avez-vous de si important à me communiquer pour demander à me voir à cette heure?

– Après ce qui s'est passé ici hier, Sire, je crois que dans l'intérêt de mon pays et aussi du vôtre, il est urgent que je rencontre Sir Robert Wilson.

– Vous voulez rejoindre mon armée?

– J'aimerais, en effet, être présenté au général Koutouzov et me rendre compte par moi-même de ce qui se passe. Il serait imprudent de nous fier désormais aux dépêches qui parviennent ici. Celle qui est arrivée hier en est la preuve...

– Le gouvernement s'est conduit avec une hâte regrettable. Je viens de prier les ministres de s'assurer des faits avant de prendre des décisions, répondit le Tsar.

– Vous avez parfaitement raison, Sire. Et si je ne craignais de paraître outrecuidant, je me permettrais de vous envoyer un compte rendu de mes observations personnelles quand, ayant vu le général Koutouzov, j'aurai une idée exacte de la situation.

– Je vous en prie, Welminster, faites-le. Vous savez quelle confiance j'ai en vous. Et je vous serai toujours reconnaissant de l'aide que vous m'avez apportée hier, affirma le Tsar.

De retour dans sa chambre, le duc écrivit une courte lettre à l'ambassadeur britannique pour l'aviser de son départ, et une autre à Katharina, par courtoisie.

Deux *drotski* l'attendaient dehors – une pour son valet et une pour lui. Quand leur petit convoi se mit en route, escorté sur l'ordre du Tsar de six cavaliers bien armés, le duc eut l'impression de partir explorer des terres inconnues.

Il ne partait pas seulement à la découverte de la guerre mais aussi – et surtout – à celle de ses propres sentiments et peut-être de son avenir tout entier.

La berline des Ysevolsov dans laquelle voyageait Zoia, tirée par quatre chevaux, était très rapide. Comme beaucoup de nobles russes, le prince Ysevolsov avait, entre Saint-Pétersbourg et Moscou, ses propres relais où attendaient des chevaux reposés. Zoia ne se faisait donc aucun souci pour l'attelage.

Elle estimait qu'à la vitesse où ils allaient, elle aurait rejoint son père dans cinq ou six jours. Et elle ne pensait qu'au bonheur de le retrouver.

« Sera-t-il fâché en me voyant revenir à Moscou ? » se demandait-elle, sachant qu'outre la guerre, il y avait aussi le grand-duc Boris qui les menaçait.

Avant son départ pour Saint-Pétersbourg, le grand-duc avait fini par leur rendre la vie intolérable. Sa présence perpétuelle devant la porte empêchait Zoia de sortir. De plus, il la harcelait de cadeaux, de lettres et de bouquets qu'elle lui renvoyait aussitôt, refusant toujours de lui parler. Elle avait ainsi vécu en prisonnière, assiégée, redoutant que le grand-duc ne finisse par se venger sur son père.

Mais si le grand-duc était un important personnage que pas un seul Russe n'osait offenser ou contrarier, Pierre Vallon, en bon Français, riait de ses menaces et méprisait ses insultes. Et Zoia tremblait pour son père, car elle connaissait cette obstination folle et ce tempérament impulsif des Russes qui les poussent parfois à s'acharner dans un combat sans espoir.

Elle avait cru que Napoléon se serait heurté à une résistance de ce genre, mais jusqu'ici, l'Armée française n'avait que des victoires à son actif.

Bien qu'à moitié française, Zoia ne pouvait s'empêcher de soutenir la patrie de sa mère, en cette période de guerre. Les Français n'avaient-ils pas envahi un pays allié peu de temps auparavant ? Zoia savait aussi, comme tout le monde, que le Tsar avait envoyé un message à Napoléon, à son arrivée à Vilna. Le souverain russe proposait la fin des hostilités si les Français s'engageaient à ne pas franchir le Niémen. Et Napoléon avait répondu : « Dieu lui-même ne pourrait plus m'arrêter! » Lisant cela, Alexandre s'était, disait-on, écrié : « Du moins, l'Europe saura-t-elle que ce n'est pas nous qui avons commencé... »

Peu importait celui qui avait commencé. Aujourd'hui, des hommes allaient mourir dans les deux camps et d'autres seraient blessés, resteraient infirmes toute leur vie, souffriraient de façon atroce sur les champs de bataille...

« La guerre est ce qui existe de plus abominable! » se répétait Zoia, et elle priait de toute son âme pour que ceux qu'elle aimait ne soient ni blessés ni tués. Spontanément, elle incluait le duc dans ses prières car, lorsqu'ils s'étaient quittés, il avait emporté avec lui une petite part d'elle-même.

Elle avait été malheureuse qu'il ne reste pas plus longtemps auprès d'elle, au salon de musique. Depuis, elle pensait sans cesse à cette étrange et merveilleuse impression d'être unie à lui par un courant de vibrations qui allait jusqu'à son âme.

Maintenant elle était sur une route et les chevaux galopaient vers Moscou. Ils ne se reverraient jamais et le duc l'oublierait vite... Cette idée la désespérait. N'avait-elle pas rêvé? Cette étrange et si brève rencontre avait-elle réellement eu lieu? Le duc était entré dans sa vie de façon imprévisible... et pourtant, dès qu'elle l'avait vu, elle avait su qu'elle le connaissait et l'attendait depuis toujours.

Tout cela était inexplicable. C'était arrivé, voilà tout. Et chaque fois qu'elle pensait au duc, il lui semblait qu'elle s'éveillait. Il ne saurait peut-être jamais qu'elle était partie... ni pourquoi. Cette idée lui était insupportable. Elle aurait voulu avoir des ailes pour voler vers lui.

Zoia pouvait comprendre maintenant que sa mère ait pu renoncer à sa famille et à la richesse, pour l'amour de son père. Il y avait pourtant une différence essentielle entre elles deux. Sa mère avait aimé un homme d'un rang social inférieur au sien, tandis que Zoia aimait un homme qui lui était infiniment supérieur.

« Il faut que je l'oublie... » se dit-elle, sachant en même temps que c'était impossible. Ils ne s'étaient vus que trois fois, mais il avait envahi toute sa vie et il remplirait toute son existence. Elle n'aimerait jamais un autre que lui. Et désormais, elle allait réellement être pour tous « la fille de glace »...

Tandis qu'elle pensait au duc, à son père, à sa mère, les chevaux galopaient. On ne s'arrêtait que pour de brefs repas en plein air avec les domestiques, le temps de changer de chevaux. La berline roulait même la nuit, car étant seule, Zoia ne pouvait s'arrêter dans les auberges. D'autant moins qu'elles étaient bondées de militaires. Comme il fallait quand même que les valets et les cochers prennent du repos, la petite troupe s'arrêtait de temps en temps pour qu'ils dorment une heure ou deux, allongés sur l'herbe, au bord de la route. Puis ils repartaient dans la chaleur torride.

Zoia ne sortait presque pas de la berline et acceptait stoïquement ces longues journées d'immobilité et d'inconfort, dans le vacarme des roues et le grincement des essieux.

Le jour vint où l'on entendit, au loin, le bruit du canon. On pouvait observer les importants mouvements de troupes dans la campagne. Les domestiques avaient entendu dire que les Russes se prépareraient à contre-attaquer. Où la bataille allait-elle se dérouler? La veille au soir, tandis qu'ils se restauraient sous les arbres, elle avait demandé au cocher où ils se trouvaient, et il lui avait montré un point éloigné en direction du sud, en disant :

– Là-bas, c'est Borodino.

Borodino n'était pas très loin de Moscou, Zoia le savait, et elle s'était réjouie de revoir bientôt son père. Pourvu qu'il n'ait pas quitté la ville... Que ferait-elle, dans ce cas, toute seule? Elle en tremblait d'appréhension, et puis elle se rappelait les lettres si calmes qu'il lui avait écrites. Elle ne l'imaginait pas s'enfuyant de Moscou. A moins qu'il n'ait dû suivre ses musiciens.

Le lendemain à l'aube, elle entendit à nouveau le canon tonner vers le sud. La bataille dont on avait tant parlé à Saint-Pétersbourg avait dû commencer... Le cœur de Zoia se serra : les Russes se battaient contre les Français. Et elle était russe autant que française...

Elle se mit à prier, demandant à Dieu de la protéger, de la garder saine et sauve jusqu'à Moscou. Elle pria aussi pour le duc. Bien sûr, il était en sécurité à Saint-Pétersbourg, mais elle ne pouvait s'empêcher de demander à Dieu de le protéger.

Et ce matin-là, les clochers de Moscou se dessinèrent à l'horizon. Impatiente d'arriver, d'embrasser son père, Zoia était aussi exténuée par le voyage et très angoissée par la bataille et les soldats qui mouraient dans la campagne, tout près de là.

Enfin, la berline s'engagea dans les rues de Moscou, pleines de monde, attendant les nouvelles.

Les chevaux longèrent le fleuve, dépassèrent le Kremlin et ses hautes tours pointues avant de tourner, un peu plus loin, dans une rue étroite bordée de maisons de pierre. Sa mère avait toujours dit qu'elle n'aimait pas les maisons en bois, comme on en rencontrait beaucoup en Russie. Et Pierre Vallon, prêt à tout pour faire plaisir à son épouse vénérée, avait réussi à acheter une maison en pierre dans un quartier tranquille, loin du centre de la ville. Natacha Vallon adorait cette nouvelle demeure entourée d'un vaste jardin.

– Comme nous allons vivre heureux ici tous les trois! avait-elle dit en la visitant pour la première fois.

Son mari l'avait embrassée, tout attendri :

– Vous ne changerez jamais, mon amour! Vous êtes heureuse comme une reine avec une maison de poupée! Malheureusement, je n'ai jamais pu vous offrir mieux dans tous les pays où nous sommes passés!

– Mais c'est tout ce qu'il me faut, puisque c'est là que vous revenez chaque soir. Je serais heureuse dans une cave ou dans un grenier si vous êtes là. Du moment que je suis avec vous, rien d'autre n'a d'importance pour moi!

Pierre Vallon l'avait enlacée tendrement. Et Zoia, qui les regardait, pouvait voir que son père était aussi bouleversé par les paroles de sa femme que par la plus belle des musiques.

Ils avaient donc pris l'habitude d'appeler leur demeure moscovite « la maison de poupée ». C'était une oasis de paix et de bonheur pour le musicien. Là, il pouvait échapper aux contraintes du monde, fuir ses admirateurs importuns et composer tranquillement. Il avait fallu que le grand-duc se mette en tête de courtiser Zoia pour que cette paix soit perturbée.

Mais quand la berline s'arrêta enfin devant sa chère petite maison, Zoia ne songeait plus du tout au grand-duc. Elle sauta de la voiture sans attendre que les valets abaissent le marchepied, et elle n'eut pas besoin de frapper à la porte car celle-ci s'ouvrit toute seule. La gouvernante de son père l'accueillit.

– Mademoiselle Zoia!
– Je suis de retour, Maria! Papa est là?
– Il est dans le jardin...

Zoia traversa la maison en courant et se retrouva

dans son cher jardin. Son père était assis à l'ombre d'un arbre. Des feuilles blanches étaient éparpillées devant lui : il écrivait sûrement la partition de son prochain concerto.

Elle s'immobilisa un instant pour mieux le regarder. « Existe-t-il au monde un homme aussi beau, aussi fascinant que papa? Impossible! » se dit-elle. Une voix en elle lui assurait pourtant qu'il en existait un...

Zoia s'élança vers son père avec un petit cri de joie qui le fit sursauter.

– Papa! Papa! C'est moi!

Un bref éclair de surprise traversa le regard de Pierre Vallon qui lui ouvrit les bras et la serra sur son cœur.

– Zoia! Mon enfant chérie... Mais pourquoi es-tu revenue? Comment as-tu osé entreprendre un voyage pareil, en un tel moment? C'est de la folie!

5

— L'armée abandonne la ville, monsieur, annonça Jacques en servant le déjeuner.
— Bah... presque tout le monde est parti maintenant, répondit Pierre Vallon.
Zoia regarda son père d'un air surpris.
— Le Gouverneur a bien interdit aux habitants de quitter Moscou, expliqua-t-il. Il a fait rentrer tous les fuyards qu'il a pu rattraper. Mais il a beau punir tous ceux qui essaient de se glisser la nuit hors des murs, il n'y a rien à faire! Les gens continuent à abandonner la ville, emportant leurs trésors empilés dans leurs voitures!
— Je suis pourtant certaine que l'Armée russe a arrêté les Français. Ce matin, juste après le lever du jour, j'ai entendu le canon vers le sud. Il était environ 6 heures. Oh! papa... Je ne pense qu'à tous ces hommes qui sont en train de mourir...
— Tout le monde ne meurt pas, dans une guerre, Zoia. Prions le ciel que cette bataille soit décisive, dans un sens ou dans un autre.
Zoia comprit, à son ton, qu'il souffrait profondément que l'armée adverse soit celle de ses compatriotes. Et elle se demandait pour la millième fois pourquoi Napoléon, qui avait déjà accumulé tant de victoires, voulait encore étendre ses conquêtes. Pourquoi voulait-il y ajouter la Russie, alors qu'il dominait presque toute l'Europe?

Jacques apporta un feuillet imprimé.

— Un nouveau communiqué de guerre, monsieur.

— Que dit-il? demanda Pierre Vallon.

— C'est une déclaration du général Koutouzov. Il dit qu'il défendra Moscou coûte que coûte.

— Je pense que c'est ce qu'il est précisément en train de faire, remarqua Pierre Vallon.

On entendait le grondement du canon et il semblait que le bruit était plus fort, plus rapproché que lorsque Zoia était arrivée.

— Nous sommes en sécurité ici... n'est-ce pas? demanda-t-elle, d'une voix qui tremblait un peu.

— Je pense que nous serons en sécurité dans la ville, quel que soit le vainqueur, répondit son père sans s'émouvoir. Tout de même, ma chérie, je regrette que tu ne sois pas restée à Saint-Pétersbourg.

Craignant qu'il ne soit blessé d'apprendre que la princesse l'avait pratiquement jetée dehors, elle dit simplement :

— Je veux être auprès de vous, s'il y a du danger. C'est ce que maman aurait souhaité que je fasse.

Son père eut un petit sourire triste. Puis, se levant de table, il alla jusqu'à la fenêtre et dit en contemplant le jardin inondé de soleil :

— Où serons-nous le plus en sécurité? Ici ou... ailleurs? Evidemment, il va falloir en décider.

— Si nous partions, où irions-nous? demanda Zoia.

— C'est la question que je me pose, ma chérie. Dites-moi, Jacques, qu'en pensez-vous?

Pierre Vallon n'avait jamais tenu ses domestiques à distance et il avait l'habitude de discuter de ses affaires avec eux. Le cas de Jacques était d'ailleurs particulier car si, aujourd'hui, il était valet, il avait autrefois été acteur.

Jacques avait eu une enfance très malheureuse, à errer dans les cirques ambulants où il n'avait jamais fait que de piètres numéros. Plus tard, au théâtre, il n'avait eu que de petits rôles. Un jour, étant sans travail, il était allé voir s'il pouvait trouver un emploi à l'Opéra et il avait été fasciné par Pierre Vallon qui dirigeait l'orchestre. Il avait souvent répété à Zoia que ce jour-là, il avait trouvé « le Maître » qu'il avait cherché toute sa vie. Dévoué corps et âme, il faisait partie de leur maisonnée depuis dix ans et la vie sans lui n'était pas même imaginable.

Jacques avait le don des langues : il parlait l'allemand parce qu'il avait vécu à Vienne, l'arabe parce qu'il avait voyagé dans toute l'Egypte et le russe parce que c'était sa langue maternelle. Dans la vie, il jouait son rôle beaucoup mieux qu'au théâtre. Avec lui, Zoia était tranquille : quelle que soit l'armée qui occuperait Moscou, il serait capable de parler avec les soldats et d'entretenir avec eux les relations qui assureraient leur sécurité à tous.

— Je pense qu'il va être difficile de trouver de la nourriture en ville si tous les magasins sont fermés... dit-elle.

— J'ai fait de bonnes provisions, mademoiselle, assura Jacques.

Elle lui sourit : avec Jacques, son père ne mourrait jamais de faim, même si toute la ville était affamée.

Pierre Vallon prit soudain la parole d'un ton autoritaire que sa fille ne lui connaissait pas.

— Zoia! Je tiens à ce que tu ne sortes de la maison sous aucun prétexte. Tu entends?

— Tu me le défends réellement, papa? demanda-t-elle un peu surprise, et déçue, car elle gardait un très mauvais souvenir de sa vie cloîtrée par la faute du grand-duc.

— Absolument! Je te le défends.

Pierre Vallon se tourna vers Jacques et les deux hommes échangèrent un regard de connivence. La ville presque déserte allait être le théâtre de toute sorte d'exactions de la part des soldats, russes ou français. Les maisons seraient pillées et toute femme circulant dans les rues risquerait d'être violentée par ces hommes éloignés de leurs foyers.

— Tu ne dois pas quitter la maison. A aucun prix! répéta Pierre Vallon avant de quitter la pièce rapidement.

Lorsqu'il fut sorti, Jacques dit d'un ton de reproche :

— Vous n'auriez pas dû revenir, mademoiselle. Ce n'est pas raisonnable. Votre père va se tourmenter pour vous, et il travaille moins facilement quand il se fait du souci.

Zoïa alla fermer la porte avant de lui répondre.

— J'ai été obligée de revenir, Jacques. Je vous en prie, ne répétez pas à papa ce que je vais vous dire. La princesse m'a renvoyée ici parce que, lorsque le bruit a couru à Saint-Pétersbourg que les Français allaient envahir la ville, les gens se sont mis à haïr tous les Français...

Jacques haussa les épaules.

— C'est la guerre, mademoiselle.

Zoïa contemplait le jardin par la fenêtre. Le canon grondait toujours et elle imaginait les boulets explosant, les cris et les gémissements des soldats; il lui semblait même sentir l'odeur de la poudre. Incapable de supporter la vue du jardin si paisible sous le soleil, elle se réfugia dans le petit salon qui donnait sur la rue.

A 4 heures de l'après-midi, le canon se tut. La bataille était terminée. Mais qui l'avait gagnée...? Zoïa se sentit plus angoissée que jamais, tenaillée par une peur étrange. Elle courut à la cuisine où Jacques astiquait l'argenterie.

— La bataille est terminée, Jacques, j'en suis certaine. Les canons ne tirent plus. Je vous en prie, allez voir ce qui s'est passé, supplia-t-elle.

— Monsieur va revenir incessamment, répondit Jacques.

— Il va rester avec son orchestre! Je n'ai pas la patience d'attendre jusqu'à son retour. Jacques, allez-y... insista Zoia.

— Je ne peux pas laisser deux femmes seules dans la maison...

Comme elle suppliait du regard, il soupira :

— C'est bien pour vous faire plaisir, mademoiselle. Je vais aller voir s'il est possible de savoir quelque chose. Mais, verrouillez bien la porte derrière moi, et ne l'ouvrez sous aucun prétexte, sauf pour Monsieur et pour moi!

— Je vous le promets!

Comme c'était bizarre d'entendre Jacques donner de pareilles instructions... Zoia alla bavarder avec Maria pour essayer de calmer sa nervosité. Une terrible angoisse la submergeait, qui ne fit que croître jusqu'au retour de Jacques, deux heures plus tard. Dès qu'elle entendit frapper à la porte, elle y courut et, s'étant assurée que c'était bien lui en regardant par le judas, elle ouvrit.

Il entra, tout souriant, dans le petit vestibule. Ainsi, les nouvelles étaient bonnes... Elle demanda tout de même :

— Alors? Que s'est-il passé?

— C'est une grande victoire, mademoiselle.

— Pour les Russes?

— Bien sûr! Ils ont toujours dit que le général Koutouzov empêcherait Napoléon d'entrer à Moscou!

— Nous n'avons donc plus besoin de nous tourmenter? s'écria Zoia en se précipitant dans l'escalier pour aller annoncer la nouvelle à Maria.

Un peu plus tard, son père revint. Son air sombre avait de quoi surprendre.

— Nous allons avoir de terribles moments, dit-il enfin. On a déjà ramené pas mal de blessés, mais il n'y a personne pour les soigner.

– Tout le monde n'est pas parti, papa?
– On ne voit que des vagabonds et des miséreux dans la rue. Tu sais combien de musiciens sont venus à la répétition, cet après-midi?
– Combien?
– Six! dit-il. (Et le regard fixe, il ajouta :) Le concert, c'est fini! Je suis devenu... indésirable.
– Papa! cria sa fille en se jetant à son cou, tu seras toujours désiré partout, acclamé partout, non seulement en Russie mais dans toute l'Europe! Tu le sais, dis... tu le sais.
– Tout allait si bien ici... J'avais de telles affinités avec ce pays, parce que c'était celui de ta mère. Et j'avais l'impression de ne pas l'avoir perdue tout à fait, murmura-t-il.
– Mais papa... partout où tu iras, partout où tu es, maman est toujours près de toi. Rien ne peut vous séparer. Vous vous aimiez trop! lui dit-elle, au bord des larmes.

Son père la serra plus fort contre lui et elle comprit qu'elle avait dit ce qu'il avait besoin d'entendre. Brusquement, il se dégagea et quitta la pièce, visiblement à bout de résistance. Il alla s'enfermer dans son bureau.

Zoia alla aussitôt retrouver Jacques.

– Je crois qu'il est temps que nous quittions la Russie, lui dit-elle. Il va falloir former un nouvel orchestre ailleurs.
– C'est bien mon avis, mademoiselle. Il faut choisir l'endroit où nous irons et persuader votre père de partir...
– Ce ne sera pas facile, je sais. Je lui parlerai ce soir après le dîner, décida-t-elle.
– Oui, vous lui parlerez et moi, je préparerai tous les plats qu'il préfère.

Jacques était un excellent cuisinier et Pierre Vallon, comme tous les Français, était un gourmet. Un repas fin serait certainement un excellent préambule.

– Et ce sera de nouveau le voyage... murmura-t-elle, presque réconfortée à cette idée.

Mais à l'instant où elle prononça ces mots, elle songea que ce serait aussi s'éloigner davantage du duc. Elle désirait si ardemment le revoir, une fois seulement, avant de partir pour toujours. Avait-il appris qu'elle avait quitté Saint-Pétersbourg? Peut-être était-il revenu au palais Ysevolsov pour lui demander de jouer pour lui et peut-être l'avait-on informé de son départ?

Il lui suffisait de fermer les yeux pour revoir son beau visage, son regard gris acier, et cette expression qu'il avait eue pour lui demander naïvement : « Que m'avez-vous donc fait? »

Elle murmura comme pour se raccrocher à un vague espoir :

– Il aime la musique de papa...

Le souvenir de l'instant inoubliable où leurs mains s'étaient touchées, où ils avaient vibré tous deux d'une même émotion, lui revenait avec une force étrange, tandis qu'elle montait l'escalier pour regagner sa chambre.

Le dîner avait une importance toute particulière; aussi décida-t-elle de changer de robe. Son père aimait qu'elle soit bien habillée, comme il avait aimé voir sa femme élégante.

Dans sa chambre, elle passa sa garde-robe en revue et trouva la toilette que son père préférait. « Le duc l'aimerait-il? » se demanda-t-elle. Elle eut aussitôt envie de rire d'elle-même. Pour un homme tel que le duc, cette robe n'était rien... La princesse lui avait raconté qu'il faisait partie de la haute société londonienne et ne voyait que des femmes titrées de la plus rare élégance. Vouloir rivaliser, même en rêve, avec ces femmes, était une absurdité.

Soudain, le désespoir envahit Zoia.

« Il m'oubliera, se désola-t-elle. Il ne peut que m'oublier... »

Et c'était une telle souffrance de se dire cela, qu'il lui sembla que le soleil ne brillerait plus jamais.

Zoia était prête depuis longtemps pour le dîner. Jacques devait servir un peu plus tard que d'habitude à cause des plats recherchés qu'il avait cuisinés. Il était au moins neuf heures du soir, et elle était en train de donner un dernier coup de brosse à ses cheveux, lorsqu'elle entendit frapper à la porte du vestibule.
Elle pensa brusquement au grand-duc Boris. C'était tout à fait la manière impérative, presque brutale, des domestiques du grand-duc à l'époque où ils venaient quotidiennement la harceler de la part de leur maître. Son cœur se serra tant son appréhension était grande.
Mais il était peu probable que le grand-duc soit resté à Moscou, alors que toutes les grandes familles étaient parties... On continuait à frapper avec insistance. Intriguée, Zoia quitta le tabouret sur lequel elle était assise devant sa coiffeuse et alla dans le couloir, en haut de l'escalier.
Elle vit Jacques qui se pressait de retirer son tablier de cuisinier et d'enfiler sa veste, en bas, dans le vestibule, avant d'aller ouvrir. Puis, elle l'entendit parler en russe avec quelqu'un qui était dehors. Même en se penchant au-dessus de la rampe, elle ne parvenait pas à distinguer ce qu'il disait.
Et soudain, Jacques se retourna, et, comme s'il avait deviné qu'elle était là, il cria :
– Mademoiselle, venez vite! Je vous en prie!

La berline, escortée de cavaliers entraînés et tirée par six chevaux, voyageait à grande allure. Le duc pouvait disposer des chevaux de rechange dont étaient pourvus les relais du Tsar, qui jalonnaient la route entre Saint-Pétersbourg et Moscou, mais à des intervalles plus rapprochés que ceux de ses sujets. On racontait que Catherine mettait trois jours pour faire ce trajet si elle le voulait, en changeant de chevaux toutes les heures.

Welminster aimait voyager, et le balancement des voitures, dont tant de gens se plaignaient, ne le dérangeait pas le moins du monde. Il dormit la plus grande partie du temps et, lorsqu'il ouvrait les yeux, il pensait à Zoia. Il ne pensait même qu'à elle. Et pas à la guerre, ni à Borodino où il avait rejoint l'état-major du général Koutouzov.

Quand il y arriva, un peu après quatre heures de l'après-midi, le bruit du canon qu'il avait entendu toute la journée avait cessé.

Une terrible bataille venait de se dérouler. En s'approchant, le duc vit, au loin, le champ de bataille qui n'était qu'un horrible amoncellement de morts et de blessés. Un spectacle si effroyable qu'on ne savait plus si c'était un cauchemar ou la réalité.

En descendant de voiture, il aperçut un groupe d'officiers rassemblés sur un talus, où s'entassaient des milliers de morts. Des blessés ensanglantés tentaient de s'extraire du magma des corps de leurs camarades tués.

Le duc eut la chance de trouver le général Koutouzov parmi ces officiers, et il put se faire connaître immédiatement. Il fut un peu déconcerté par le calme et l'assurance du célèbre général, convaincu d'avoir remporté une immense victoire.

Il pria le duc de rester auprès de lui pendant qu'il dictait une dépêche pour l'annoncer au Tsar. « Cette nouvelle, songea Welminster, va être fêtée comme il se doit à Saint-Pétersbourg, à grand renfort de carillons de cloches, de feux d'artifice et d'illuminations. On accrochera des lanternes partout, sur les quais de la Néva, sur les bateaux ancrés dans le port. Il y aura des drapeaux de tous les côtés... » Quant à Koutouzov, il allait être royalement récompensé : on lui accorderait sans doute un titre de prince, beaucoup de roubles et un bâton de maréchal.

Mais il pensa aussi, avec un soulagement extrême, que Zoia était en sécurité à Moscou et que, s'il ne perdait pas trop de temps avec le général, il lui restait une chance de la voir ce soir même. Il se réjouissait de pouvoir annoncer à Zoia et à son père qu'ils n'avaient plus rien à craindre, ni pour eux, ni pour leur maison.

Ayant exprimé ses félicitations au général Koutouzov, il partit à la recherche de Sir Robert Wilson. Celui-ci fut très flatté de voir le duc.

— Je savais que vous séjourniez à Saint-Pétersbourg, milord, et je me demandais si vous viendriez au front, lui dit-il, avant d'ajouter, l'air sombre : J'espère que le général Koutouzov n'est pas en train d'envoyer au Tsar des dépêches délirantes, annonçant une victoire écrasante.

— C'est exactement ce qu'il vient de faire, répliqua le duc.

Et voyant Sir Robert changer de visage, il demanda, déconcerté :

— Pensez-vous que c'est prématuré?

— J'en suis convaincu.

— Pourquoi?

— Parce que le nombre de morts est effrayant — inconcevable!

— Quel est-il? demanda le duc.

— Il est impossible de donner un chiffre précis pour le moment, mais on peut affirmer que l'Armée russe a perdu aujourd'hui environ quarante mille hommes.

Le duc en resta muet d'horreur.

— Je puis me tromper — et Dieu fasse que je me trompe! — mais vous n'avez qu'à regarder le champ de bataille. Voyez ce massacre... Les canons ont pilonné dès six heures du matin.

— Ça a duré dix heures...

— Exactement...

— Et quelles sont les pertes du côté français?
— Nous sommes dans l'ignorance la plus complète en ce qui les concerne. Mais elles sont certainement lourdes, très lourdes.

Sir Robert n'en dit pas plus. Et le duc retrouva sa berline sur la route, au milieu d'une horde de blessés et de soldats que l'on regroupait.

Le duc allait monter dans sa voiture, après avoir donné l'ordre au cocher de filer droit sur Moscou, quand il vit passer une berline en sens inverse, et reconnut la livrée des laquais. C'était une voiture appartenant au prince Ysevolsov, sûrement celle qui avait amené Zoia à Moscou, et qui repartait. Il cria au cocher de s'arrêter. Le laquais assis sur le siège à côté du cocher, et l'un des domestiques de l'escorte l'ayant reconnu, sautèrent à terre pour venir le saluer.

— Vous venez de conduire mademoiselle Zoia chez son père? demanda le duc.
— Oui, Votre Excellence.
— Vous pouvez donc me donner son adresse?...

Deux chevaux traînant un canon les séparèrent juste au moment où le laquais allait répondre. Quelques soldats les guidaient. Ils étaient affreusement sales, couverts de poussière et paraissaient exténués. Ils parlaient tous en même temps, donnaient plusieurs ordres à la fois car les roues de l'affût, enlisées, les bloquaient sur place, autour des chevaux qui tiraient. Un officier arriva, furieux:

— Que faites-vous là? Où allez-vous?
— On nous a dit de l'emmener, mon capitaine, parce qu'il y a un boulet dedans et qu'on ne peut pas le tirer.
— Quoi? Qu'est-ce que c'est que cette histoire? Le tirer? Qu'est-ce que vous voulez dire?
— Il est chargé, mon capitaine.
— Eh bien! Alors, tirez! Nous n'avons pas assez de canons pour nous permettre de dégarnir nos positions! Si les Français recommençaient à attaquer...

Cette perspective paraissait des plus redoutables, quand on voyait le tapis de morts qui jonchaient le sol entre les positions des Russes et celles des Français. Mais l'officier trop zélé ajouta d'un ton impératif :

– Allez! Tirez tout de suite! Et en direction de l'ennemi! Si nous en tuons quelques-uns, ce sera toujours ça de moins!

– Nous avons essayé plus d'une douzaine de fois, mon capitaine. L'obus ne veut pas bouger... dit un canonnier, excédé.

– Recommencez! hurla l'officier.

Les soldats obéirent. L'explosion fut terrible et le duc eut l'impression que la terre entière flambait autour de lui.

En arrivant sur le seuil, Zoia reconnut deux des domestiques de la princesse Ysevolsov qui l'avaient accompagnée jusqu'à Moscou. Surprise, car elle les croyait déjà loin sur la route de Saint-Pétersbourg, elle leur demanda en souriant :

– Que vous arrive-t-il?

Le plus âgé des deux prit la parole et dit d'un ton égaré :

– C'est que nous ne savons pas trop quoi faire avec... Son Excellence... mademoiselle...

Zoia ne comprenait pas.

– Il paraît que ce monsieur était en train de leur dire qu'il allait venir vous voir quand un canon a explosé accidentellement à côté d'eux, expliqua Jacques. Trois soldats ont été tués, ainsi que l'un des domestiques de Son Altesse la princesse Ysevolsov, avec son cheval, et le valet de chambre de ce gentilhomme gravement blessé.

Zoia eut l'impression que son cœur s'arrêtait de battre.

– Quel gentilhomme? demanda-t-elle, bouleversée.

Et sans attendre la réponse, elle se précipita dans

la rue. Elle vit tout de suite qu'un côté de la berline avait été gravement endommagé par l'explosion. La portière était ouverte et le duc était allongé sur la banquette, inerte et couvert de sang.

Le domestique qui l'avait suivie s'écria d'un ton navré comme s'il cherchait à se justifier :

– La maison de Son Altesse à Moscou est fermée... tout le monde est parti. Nous ne savions où le conduire.

– Vous avez bien fait de l'amener ici, affirma Zoia. (Puis elle se tourna vers Jacques :) Dites-leur de le transporter doucement, le plus doucement possible dans la maison.

Elle attendit que les hommes aient monté le duc au premier étage et l'aient allongé sur le lit de la seule chambre qui restait inoccupée dans la petite maison. Ce fut alors seulement qu'elle osa demander à Maria d'un air affolé :

– Il n'est pas mort ?

Le visage du duc était blafard, ses yeux étaient fermés et son corps inerte.

– Non, et si Dieu le veut, nous le garderons en vie, répondit Maria.

Et sans perdre un instant, Maria prit la situation en main avec le sang-froid des femmes de son pays – elle était française.

Elle envoya les domestiques de la princesse chercher un médecin et Jacques prit la précaution de leur donner plusieurs adresses, car les docteurs avaient sûrement quitté Moscou, eux aussi.

Pendant qu'elle se chargeait de dévêtir le duc avec l'aide de Jacques, afin de pouvoir examiner ses blessures, Maria expédia Zoia à la cuisine faire bouillir de l'eau. La jeune fille remonta bientôt avec des cuvettes, des serviettes et une énorme bouilloire. Le duc reposait entre les draps, plus pâle encore.

Pierre Vallon était là, très calme, et Zoia se sentait

un peu réconfortée par sa présence. Il lui annonça, voyant qu'elle était terriblement anxieuse :
— Le docteur va arriver tout de suite. Beaucoup d'entre eux sont restés. Et pour le moment, on installe partout les blessés dans les maisons vides, abandonnées par leurs propriétaires...
Mais on frappait à la porte.
Il était plus de onze heures du soir, lorsque Zoia et son père se mirent à table devant le festin que Jacques avait préparé et qui n'était plus de circonstance.
— Tu as rencontré le duc à Saint-Pétersbourg, je suppose ? demanda Pierre Vallon.
— Oui. Il est venu rendre visite à la princesse un jour où nous dansions avec Tania sur la scène du petit théâtre.
Il regarda sa fille. Ils étaient trop proches l'un de l'autre pour qu'il n'ait pas tout compris, rien qu'aux regards que Zoia posait sur le duc, dans la chambre.
— Il y a quelque chose entre vous ? dit-il paisiblement.
— Ce fut très étrange, papa... Une impression bizarre... Enfin, dès le premier instant où je l'ai rencontré, je me suis rendu compte qu'il était... différent des autres. Je n'ai encore jamais rencontré un... un homme comme lui...
— En quoi est-il différent ?
— Il comprend ta musique si bien... Quand je lui ai joué ton concerto... il a vu tout ce que nous y voyons, nous deux !
— Tu en es certaine ?
— Oh ! absolument certaine, papa ! Est-ce qu'on peut se tromper sur ces choses-là ? De plus, l'autre jour, quand il est venu au palais, et qu'il m'a trouvée seule, il m'a demandé... ce que je lui avais fait. Il m'a dit qu'il se sentait transformé... qu'il n'avait jamais éprouvé ce que... ce qu'il...
— C'est extraordinaire, murmura Pierre Vallon.

– Quoi donc, papa?
– Que le duc de Welminster soit justement ainsi. J'ai eu l'occasion de le rencontrer à Vienne et à Londres, et si j'en crois ce que j'ai entendu dire à son sujet, ce n'est pas du tout le genre d'homme que tu viens de me décrire... Jamais je n'aurais imaginé cela!
– Je ne peux pas me tromper, papa, quand il s'agit de ta musique. Il est le premier à avoir compris son message... le premier, le seul...
– Tu sais parfaitement, ma chérie, que je n'interviendrai jamais dans tes amitiés. Tu sais aussi que je ne mets jamais en doute ta parole. Mais – si ta mère était là, elle te le dirait aussi, mais elle saurait mieux que moi te l'expliquer... – le duc de Welminster ne peut et ne pourra jamais rien être pour toi.
– J'y ai déjà pensé, papa.
Pierre Vallon reprit d'un ton grave :
– Je pense qu'il vaudrait mieux que je m'arrange pour faire admettre le duc à l'hôpital demain. Il y sera mieux soigné qu'ici.
Il y eut un long silence puis Zoia dit timidement :
– Je me sens en partie responsable de ce qui lui est arrivé. Les domestiques m'ont dit qu'il s'était arrêté pour leur demander mon adresse quand le canon a explosé.
Son père ne répondit pas. Il avait l'air morose. Sans doute pensait-il que le duc n'avait pas le droit de s'introduire dans leur vie intime ni de rechercher une jeune fille qui n'appartenait pas à sa classe sociale.
Renonçant à manger, elle croisa les mains et dit presque à voix basse :
– Papa... quand tu es tombé amoureux de maman... est-ce que tu as choisi de l'aimer ou bien est-ce que tu ne pouvais faire autrement que l'aimer?

Pierre Vallon regarda sa fille. Il semblait consterné.

— Ne me dis pas que tu aimes cet homme! s'écria-t-il.

— Si, papa. Je l'aime.

— Comment peux-tu en être aussi certaine? Tu ne l'as vu que deux ou trois fois!

Un sourire radieux illumina le visage de Zoia :

— Papa! C'est incroyable! C'est toi qui me poses cette question et qui attends la réponse?

— Mais mon cas était tout différent.

— Tu crois? Maman m'a toujours dit qu'elle avait eu le coup de foudre en te voyant et que toi aussi, tu l'avais aimée dès le premier instant.

— Comment aurais-je pu faire autrement? dit-il, songeur. Elle était si belle, si exquise. Tu lui ressembles beaucoup, tu sais, Zoia.

— Oui, je sais. Mais je ne lui ressemble pas seulement physiquement, papa... je lui ressemble aussi par la façon de penser... de sentir...

Elle eut un petit rire et son père ne put s'empêcher de sourire tandis qu'elle continuait :

— Tu ne t'imagines quand même pas que je suis uniquement ta fille? Je vois ce que tu vois, je sens ce que tu ressens quand tu joues. J'essaie, moi aussi, de m'exprimer dans la musique. Mais je suis aussi la fille de maman. Comme tu le sais, papa, jusqu'ici, jamais mon cœur n'avait parlé. C'est ce qui fait que le grand-duc et les autres me surnommaient la « fille de glace... » Mais dès que j'ai vu le duc de Welminster, dès que nos regards se sont croisés, que nos mains se sont touchées... la glace a fondu. Je suis amoureuse.

— Ne comprends-tu pas que cette histoire ne peut pas avoir une fin heureuse? dit-il d'un ton douloureux, souffrant du chagrin qui menaçait sa fille.

— Je le sais parfaitement. Mais rien ne peut m'empêcher de l'aimer. Pas même la certitude qu'il ne m'aimera jamais comme je l'aime.

— Je vais m'arranger pour l'envoyer à l'hôpital demain, déclara son père d'un ton résolu.
— Non, papa!
— Il faut te laisser guider par moi, dans cette affaire, ma chérie. Je ne veux pas que tu souffres. Je ne veux que ton bonheur, tu le sais. Garder cet homme ici serait de la folie. Et je préfère ne pas penser à ce qui pourrait arriver.

Bien sûr, son père l'avertissait que le duc pouvait lui offrir bien des choses, sauf le mariage.

Zoia soupira :
— Je sais à quoi tu penses, papa. Mais je dois le soigner, le guérir.
— Et moi, je dois te protéger et t'empêcher d'aller vers un plus grand malheur encore. Oublie-le. Dis-toi que ce qui est arrivé était un rêve, une fantaisie de ton imagination qui t'a procuré, un jour, quelque chose de beau, tout comme les impressions éphémères que la musique nous donne. Si tu ne revois plus cet homme, tu l'oublieras plus facilement. Evidemment tu garderas la nostalgie de ce moment où tu es tombée amoureuse pour la première fois. Mais tu connaîtras d'autres amours, d'autres moments de bonheur, je te le jure, Zoia.
— Mais pourquoi dis-tu cela? Si maman ne t'avait pas suivi lorsque tu as quitté le palais Strovolsky, l'aurais-tu oubliée?

Pierre Vallon aurait voulu avoir le courage de mentir.
— Crois-tu, poursuivit Zoia, que ton amour pour maman était très différent de ce que j'éprouve pour le duc? Tu m'as dit qu'il fallait toujours analyser ses sentiments. Tu m'as aussi appris à distinguer les fausses apparences de ce qui est vrai. Eh bien, je sais que ce que je ressens est un sentiment vrai, sincère et profond.

Elle soupira tristement et poursuivit :
— Même si je ne revois jamais le duc, je continue-

rai à l'aimer. Je n'aimerai jamais aucun autre homme de cette façon-là.

Le silence qui suivit fut lourd de ce qu'ils n'osaient se dire à haute voix. Finalement, Pierre Vallon le rompit.

– Que te dire, ma chérie?

– Pourquoi ne pas laisser les choses comme elles sont et nous contenter de soigner le duc jusqu'à ce qu'il guérisse? Ensuite, nous pourrons regarder les choses en face. Je sais que je dois m'effacer de sa vie et il est probable qu'il souhaitera, lui aussi, disparaître de la mienne.

– Je persiste à croire que nous ferions mieux de le conduire à l'hôpital. Je te promets de ne rien faire sans t'en avertir d'abord. Mais je crains qu'il ne soit immobilisé pour longtemps. Il se peut que nous soyons obligés de quitter Moscou avant sa guérison...

– Tu veux vraiment quitter Moscou?

– Oui, je le veux. Après le massacre de cet après-midi, je me sens mal à l'aise ici. Parce que je suis français.

Zoia ne dit rien, mais elle savait que ce ne pouvait être la raison qui poussait son père à partir. Il y avait autre chose. Etait-ce parce que ses musiciens l'avaient abandonné? Quelle amère déception pour lui! Il ne pouvait comprendre qu'ils avaient voulu éloigner leurs femmes et leurs enfants de la ville qui allait être envahie. Il était probable qu'ils reviendraient rapidement et Pierre Vallon leur pardonnerait. En attendant, Zoia comprenait que son père, se sentant renié par ceux en qui il avait le plus confiance, souffrait.

Après le dîner, Zoia alla voir comment se portait le duc. Maria, qui était restée auprès de lui, se leva lorsque la jeune fille passa sa tête par la porte entrouverte et la rejoignit dans le couloir.

– Comment est-il? demanda Zoia.

– C'est difficile à savoir, mademoiselle. Le docteur doit revenir demain et il espère trouver un spécialiste...

— C'est le docteur qui a dit cela?

— Tant de gens sont partis qu'il est impossible, entre autres, de trouver du ravitaillement pour les blessés. Mais ne vous tourmentez pas. Ce monsieur a une forte constitution et c'est le plus important.

Le regard de Zoia chercha celui de la vieille femme.

— Sa vie est-elle en danger?

Maria hésita.

— Il est très mal, mademoiselle, très, très mal. Mais on peut encore le sauver.

Voyant le visage de Zoia changer, elle ajouta :

— Allons, allons : ne vous affolez pas! Il a une très forte fièvre qui n'est pas près de tomber, c'est certain. Et on ne peut pas faire grand-chose contre ça. Mais Jacques et moi, nous allons le veiller et le soigner. Ayez confiance.

— Je veux vous aider. Je n'ai pas votre expérience, Maria, mais je peux faire quelque chose, moi aussi...

Sans attendre la réponse de Maria, Zoia entra résolument dans la chambre où reposait le blessé. Il était toujours inconscient, les yeux fermés, immobile. Il ressemblait tellement à un mort que son cœur se serra. Timidement, elle avança la main pour toucher celle du duc et s'assurer qu'elle était chaude. Elle avait l'impression de contempler un grand chêne abattu dans la forêt. Cette immobilité absolue avait quelque chose de terrifiant.

Elle pressa la main inerte entre les siennes, comme si elle espérait lui communiquer un peu de son énergie vitale. Elle concentrait tout son esprit et la tendresse de son cœur, cherchant à atteindre par la pensée le cœur et l'esprit du malade.

Elle se mit à prier tout bas :

— Mon Dieu, rendez-lui la force et la vie! Il faut qu'il vive! Ne lui retirez pas la vie... Laissez-la-lui!

Puis, plus bas encore, pour le duc seul comme s'il avait été en état de l'entendre, elle ajouta :

– Je vous aime... Pensez à moi! Ne m'abandonnez pas! Je vous appartiens pour toujours. Je veux que vous viviez...

6

– Cette odeur d'incendie est plus forte que jamais, ce matin, murmura le duc.

Zoia sursauta et, se levant du fauteuil où elle s'était assise pour le veiller, elle s'approcha vivement du lit.

– Je vous croyais encore endormi...

Il la regarda. Elle lui paraissait nimbée de lumière, car le soleil qui pénétrait par la fenêtre derrière elle mettait des reflets d'or sur ses cheveux. Il dit doucement :

– Vous n'avez pas répondu à ma question. L'odeur n'a jamais été aussi forte...

– Je crois que ce sont les maisons de bois de la rue voisine qui flambent à leur tour...

– Il faut absolument que vous quittiez Moscou, vous et votre père, et sans attendre, je vous l'ai déjà dit. Le docteur trouvera un endroit pour moi. Vous ne devez pas rester à cause de moi...

Il avait dû faire un effort pour parler aussi longtemps et Zoia lui sourit.

– Croyez-vous donc que nous serions capables de vous abandonner? Ou de vous laisser courir le risque d'être pris par les Français comme prisonnier de guerre?

– Il le faut, insista-t-il. Je vais ordonner au docteur de me chercher un lit quelque part.

Zoia ne répondit pas tout de suite. Elle pensait

aux vingt-cinq mille blessés de l'Armée russe qui avaient été ramenés après la bataille. Le gouvernement avait déclaré qu'il n'y avait pas les installations nécessaires à Moscou pour les accueillir et les soigner, et qu'ils devaient être dirigés vers d'autres villes. Mais on ne disposait pas des véhicules nécessaires pour les évacuer et on n'en avait transporté qu'une partie. Il restait encore plus de dix mille blessés russes à Moscou, quand les Français y avaient amené les leurs.

Moscou avait été prise sans qu'un seul coup de fusil ait été tiré. La majorité des habitants ayant fui, les Français entrèrent dans une ville presque déserte. On disait que Napoléon avait été stupéfait de ces rues vides, ces maisons inhabitées et ces boutiques fermées.

Seuls les plus pauvres étaient restés et ils s'étaient réfugiés à l'intérieur des églises quand les troupes françaises pénétrèrent dans la ville. Un pillage effroyable marqua leur arrivée. Les soldats se répandirent partout et furent bientôt tous ivres morts car ils avaient trouvé beaucoup de vin. Les premiers incendies se déclarèrent alors. Et on ne savait si c'était accidentel ou si les Russes avaient volontairement mis le feu à leurs maisons de bois.

Jacques avait raconté à Zoia que certains quartiers étaient complètement en ruine. L'incendie s'était propagé d'autant plus facilement que les Moscovites avaient emporté avec eux, en partant, tous les véhicules et tout le matériel des pompiers.

La nuit, quand Zoia se mettait à la fenêtre, elle entendait le fracas des pans de murs en flammes qui s'abattaient, parmi les cris des soldats excités. Dans la journée, l'odeur de la fumée s'infiltrait partout. Et on la voyait s'élever, noire et épaisse, dans le ciel.

La jeune fille savait que son père était inquiet.

Chaque jour, Jacques allait aux nouvelles dans le centre de la ville où les Français s'étaient installés, et ce qu'il leur racontait était toujours plus terrible et plus décourageant.

— Il faut nous en aller! répétait Pierre Vallon.

Et Zoia répondait invariablement :

— Même si nous le pouvions, papa, nous ne pourrions abandonner le duc.

Cependant, la veille au soir, en se levant de table, il dit à sa fille d'un ton ferme :

— Emballe immédiatement tous les objets de première nécessité.

— Qu'as-tu décidé, papa? s'inquiéta Zoia.

— J'ai décidé de te sortir d'ici avant que cette maison ne brûle comme les autres, ou, pire, que des soldats en quête de butin ne forcent notre porte!

Il y avait de la peur chez son père, et ce n'était pas pour lui qu'il tremblait, mais pour elle.

— Je te suivrai, papa, répondit-elle, très calme. Mais il faut emmener le duc avec nous.

Pierre Vallon ne répondit rien. Mais au matin, avant de sortir avec Jacques, il lui fit de sévères recommandations :

— Verrouillez bien la porte derrière nous. Faites très attention! Et soyez prêtes à partir, Maria et toi, à tout instant!

— Avec qui? demanda Zoia.

Mais son père partit sans répondre. Et elle barricada soigneusement la porte derrière eux. Ils sortaient maintenant par la porte de derrière, car Jacques avait cloué des planches contre la porte de la rue pour que la maison ait l'air inoccupée.

Les soldats qui pillaient étaient, en général, dans un tel état d'ivresse, qu'ils ne se donnaient pas la peine de pénétrer dans les maisons bien fermées. Ils aimaient mieux celles que l'on avait abandonnées en laissant tout ouvert et dont les caves regorgeaient de bon vin.

Il semblait invraisemblable qu'après avoir proclamé qu'il donnerait jusqu'à la dernière goutte de son sang pour défendre Moscou, le général Koutouzov ait disparu avec toute son armée, laissant la voie libre aux Français. Mais les Russes avaient eu trop de pertes et il leur avait été impossible de contre-attaquer ou même de défendre la ville.

Lorsque le duc avait repris conscience, il s'était souvenu de sa conversation avec Sir Robert Wilson : celui-ci ne s'était pas trompé en évaluant les pertes. On savait maintenant que quarante-trois mille Russes et trente mille Français avaient été tués ou blessés. Le général Koutouzov avait été trop pressé d'annoncer au Tsar une victoire qui n'avait servi à rien puisqu'on avait laissé l'ennemi entrer dans Moscou sans pouvoir défendre la ville. Et Pierre Vallon pressentait, peut-être mieux que personne parce qu'il était français, combien la déception de Napoléon avait dû être terrible en découvrant cette ville vide.

– Que va faire l'Empereur maintenant? avait demandé Zoia à son père.

– A mon avis, il attend que le Tsar lui demande de signer un armistice.

Zoia avait rapporté cela au duc.

– La chute de Moscou a été un grand choc pour le Tsar et le peuple russe, avait-il affirmé. Les liens vont se resserrer entre le peuple et la noblesse. Ils vont prendre conscience qu'ensemble, ils forment une nation. Et le Tsar, galvanisé par son mysticisme, va certainement refuser de négocier.

– Comment pouvez-vous savoir tant de choses?

Il lui avait jeté un rapide regard de ses yeux gris.

– Depuis que je vous connais, un sixième sens s'est éveillé en moi, Zoia.

Puis il avait fermé les yeux, trop faible pour parler davantage.

Pendant les trois premiers jours après son arrivée dans la maison, la fièvre n'avait pas baissé et son état paraissait désespéré. Maria et Jacques avaient fait l'impossible pour le sauver, et il n'avait survécu que grâce à sa vigueur exceptionnelle.

Zoia était persuadée qu'elle avait contribué au miracle en lui donnant de son énergie vitale. Chaque fois qu'elle s'était trouvée seule près de lui, elle lui avait parlé tout bas bien qu'il fût inconscient, le suppliant de guérir.

Elle avait l'impression qu'ainsi, elle lui apportait la force dont il avait besoin pour continuer à vivre par une méthode que la médecine aurait tournée en dérision.

Ce jour-là, pensant à leur éventuel départ, elle se demandait avec inquiétude si le duc supporterait un voyage peu confortable en dépit de tout ce que l'on pourrait faire. Mais il était impossible de le laisser à Moscou car la haine de Napoléon pour l'Angleterre et ses ressortissants était terrible, et il fallait éviter à tout prix qu'il soit fait prisonnier par les Français.

Le duc semblait s'être assoupi, lorsqu'elle entendit frapper à la porte du côté du jardin, ce qui annonçait le retour de son père et de Jacques. Elle sortit sur la pointe des pieds et descendit rapidement l'escalier.

Son père et Jacques étaient déjà dans la cuisine quand elle arriva en bas, Maria leur ayant ouvert. Elle courut embrasser son père. Elle était angoissée chaque fois qu'il sortait, craignant toujours qu'il ne revienne pas.

– J'ai de bonnes nouvelles, Zoia! annonça-t-il. J'ai obtenu de l'Empereur en personne un sauf-conduit pour partir, ainsi que la promesse de nous donner une escorte de soldats pour sortir de la ville!

Elle ne répondit pas mais le regarda avec anxiété. Il ajouta en souriant :

– Le sauf-conduit mentionne cinq personnes : nous deux, Maria, Jacques et l'un des musiciens de mon orchestre, grièvement blessé dans l'incendie d'une maison qui s'est écroulée sur lui.

Zoia poussa un cri de joie.

– C'est merveilleux, papa! Comment as-tu fait? Comment as-tu osé aller trouver Napoléon?

– Je lui ai demandé une audience et il s'est souvenu de moi, tout simplement! Nous avons parlé des derniers concerts que j'ai dirigés à Paris et je lui ai confié les soucis que me causait ta présence ici. Il a compris mon anxiété, regrettant toutefois de ne pouvoir écouter ma musique ici. « L'Opéra de Paris vous attend », a-t-il conclu.

Emerveillée, Zoia joignit les mains en s'écriant :

– Quel bonheur, papa! Dis... comment allons-nous faire pour partir?

– Jacques est prévoyant. Il avait caché nos deux berlines de voyage. Heureusement, car tous les véhicules disponibles ont été réquisitionnés par ceux qui se sont enfuis avant l'arrivée des Français.

– Et les chevaux?

– Eux aussi, ils sont cachés et nous attendent. Nous partirons demain, à l'aube. C'est plus sûr. L'Empereur m'a promis une escorte de soldats. Et, à cette heure-là, nous avons peu de chances de rencontrer les pillards qui s'emparent de tout ce qu'ils trouvent dans les rues.

Il revoyait les scènes horribles qui s'étaient déroulées sous ses yeux tandis qu'il allait au Kremlin avec Jacques pour voir l'Empereur. Les pillards sortaient des maisons, emportant l'argent et les bijoux, le linge, les vêtements, les chaussures, les fourrures... Il y avait des bagarres, beaucoup de violence. Les soldats pillaient jusqu'aux églises et s'emparaient de toutes les femmes qu'ils rencontraient.

Ce jour-là, les flammes de l'incendie se rapprochaient dangereusement de la petite maison de poupée de Pierre Vallon.

Quand Zoia monta retrouver le duc dans sa chambre, elle le trouva éveillé. Il la contempla un moment en silence.

– Quelles bonnes nouvelles avez-vous eues? demanda-t-il enfin.

Il devinait toutes ses pensées, depuis le jour où elle avait joué du piano pour lui, à Saint-Pétersbourg, dans le salon de la princesse Ysevolsov.

– Nous partons demain à l'aube, lui répondit-elle.

– « Nous »? s'étonna-t-il.

– Oui. Papa a obtenu un sauf-conduit de l'Empereur pour nous tous, et nous aurons la protection d'une escorte donnée également par Napoléon.

– Ainsi, votre père a vu l'Empereur, constata le duc.

– Oui, et Napoléon s'est souvenu de lui!

– Qui pourrait oublier Pierre Vallon?

Et lui, l'oublierait-il quand ils se sépareraient le jour où il serait rétabli? Elle n'osa le lui demander mais elle était toute à cette pensée quand il reprit :

– Où allons-nous?

– J'ai oublié de le demander à papa! Tout ce qui comptait à mes yeux, c'était de quitter Moscou. 1XDites à votre père de se diriger vers Odessa. Je connais bien le gouverneur de la province et dans ce port, il nous sera plus facile de trouver un bateau pour rentrer chez nous.

Le duc ferma les yeux et se laissa retomber sur les oreillers. Zoia ne disait rien, troublée par les derniers mots qu'il avait prononcés. « Chez nous »...

Pour lui, pensait-elle, c'est l'Angleterre. Mais il avait eu une étrange manière de dire cela... Sans doute voulait-il simplement dire que l'Angleterre ayant le contrôle des mers, il ne lui serait pas difficile de trouver un bateau anglais, trop honoré de transporter un homme de l'importance du duc de Welminster. Seulement l'Angleterre et la France étaient en guerre...

Zoia alla dans sa chambre pour finir ses bagages. Là, ayant besoin d'exprimer le trouble qui l'agitait, elle se mit au piano.

C'était toujours son ultime recours. Elle avait fait monter son piano dans sa chambre par Jacques, certaine que la musique ferait du bien au duc, avant même qu'il ait repris conscience.

Il y avait deux pianos dans la maison. Pierre Vallon avait le sien dans son cabinet de travail, et l'autre, au salon, avait servi à son épouse puis à Zoia. C'était celui-ci qui se trouvait dans sa chambre, proche de celle où le duc avait été installé.

Elle avait laissé la porte ouverte et il pouvait la voir, installée sur le tabouret. Elle se mit à jouer le concerto qu'elle avait exécuté pour lui chez la princesse Ysevolsov.

Aussitôt, elle oublia les horreurs du présent et l'incendie qui dévastait la ville, sa peur de l'avenir; tout fut chassé par la musique. Elle ne pensait pas au duc non plus. A la fin elle l'entendit l'appeler :

– Zoia, Zoia...

Elle entra dans la chambre et, lorsqu'elle fut à son chevet, il lui prit la main.

– Vous avez joué cela pour moi?
– Oui.
– Je n'ai pas oublié l'émotion qui m'a submergé, la première fois que je vous ai entendue. J'étais alors très dérouté par ces visions, lui dit-il.
– Et maintenant?
– Aujourd'hui, je pense que c'est le destin qui nous a réunis, vous et moi. Le destin, la fatalité qui préside à l'histoire du monde.

Zoia avait du mal à rassembler ses pensées, parce qu'il lui tenait la main et qu'elle était tout émue et troublée par ce contact. Le duc éprouvait-il le même ravissement qu'elle, à cet instant? Il ne la quittait pas des yeux et son regard fouillait le sien.

— Nous roulerons très doucement, dit-elle, dès que nous serons assez loin de Moscou, pour que vous ne souffriez pas trop.

Il sourit.

— Avec Maria et vous, je n'ai rien à craindre... Et je suis très reconnaissant à votre père d'avoir trouvé le moyen de nous sortir de cet enfer.

Zoia le regarda. Elle avait une folle envie de se jeter à genoux près du lit et de lui avouer qu'elle l'aimait, qu'elle était prête à sacrifier sa vie pour lui s'il le fallait. Affolée par ses propres pensées, elle retira sa main et s'approcha de la fenêtre.

L'incendie faisait rage derrière les maisons, de l'autre côté de la place. Bientôt, de hautes flammes apparurent, léchant les façades. Il y eut un bruit de pas précipités dans l'escalier, et Pierre Vallon entra dans la chambre.

— Zoia vous a communiqué la nouvelle? dit-il au duc.

— Oui, mais je vous répète que sans moi, vous iriez plus vite et les risques seraient moindres.

— Que dites-vous là! dit Pierre Vallon. Nous irons jusqu'à Odessa. Là, vous nous serez d'un grand secours pour trouver un bateau qui nous amènera jusqu'en France.

Zoia se sentit très triste, tout à coup. C'était donc en France que son père voulait aller...

Le duc assura qu'à Odessa, tout s'arrangerait aisément. Il semblait très fatigué. Voyant cela, Zoia courut demander à Jacques de lui préparer un repas léger. Il fallait que le duc se repose. Demain, ils partiraient à l'aube.

Moscou était loin derrière eux et les chevaux trottaient dans une campagne verdoyante que la guerre n'avait pas touchée. La route était déserte.

Zoia ne comprenait pas pourquoi son père avait opté pour Odessa.

– Comprends, Zoia, lui dit-il. Nous ne pourrions traverser l'Europe en compagnie d'un Anglais... Et puis, là-bas, il fait plus chaud, maintenant.

Une escorte de huit hommes accompagnait leurs deux berlines tirées par des chevaux fringants et bien nourris.

Zoia avait remarqué les réticences de son père au moment du départ, en considérant les soldats français qui devaient les escorter. Redoutait-il qu'ils ne s'emparent des chevaux et abandonnent les voyageurs? Car depuis la bataille de Borodino, on manquait de chevaux dans les deux camps. Mais ces soldats semblaient honnêtes.

Peu après l'aube, leur petit convoi s'ébranla en direction de la porte Rogozhskol par laquelle ils avaient choisi de sortir de la ville. Ils n'étaient pas obligés de passer par le centre. Ce qui était beaucoup plus prudent.

Le trajet en ville fut très éprouvant. Ils pouvaient à tout instant être attaqués par des soldats pillards ou ivres et il était presque impossible de circuler à cause de l'incendie qui continuait à dévorer les maisons le long des rues.

Zoia avait l'impression que les trois quarts de la ville étaient anéantis, bien que selon Jacques, des quartiers entiers n'aient pas été touchés.

Pierre Vallon se retourna au moment où ils passèrent le pont sur la Moscova et, voyant son visage bouleversé, Zoia s'affola.

– Papa! Qu'y a-t-il?

– Le Grand Théâtre a brûlé la nuit dernière. Il était entièrement construit en bois. Et l'on y avait entreposé le bois de chauffage pour tout l'hiver...

Il avait dû penser à son épouse bien-aimée et aux soirées qu'ils avaient passées là ensemble, à la joie qu'elle avait manifestée en arrivant à Moscou qui, pour elle, était la ville idéale pour la carrière de son mari.

– Nous allons vers une vie nouvelle, dit Zoia doucement pour tenter de le réconforter un peu. Une vie pleine de succès pour toi, j'en suis sûre.

Il ne répondit rien, à la fois inquiet pour l'avenir de sa fille et se souciant peu du sien. Sa fille qui ne songeait qu'à la sécurité et à la guérison du duc...

Jacques lui avait habilement aménagé un lit, au fond de la plus spacieuse des deux voitures, avec des planches et deux matelas superposés. Malgré tout, ce voyage allait être terriblement éprouvant pour un aussi grand blessé et Zoia souffrait pour lui. Elle avait vu comme il serrait les lèvres pour ne pas hurler de douleur tandis qu'on le transportait, et la voix lui avait manqué pour remercier les serviteurs.

Il restait assez de place dans la berline pour que Zoia et son père puissent voyager avec le duc. Cependant, Zoia espérait persuader son père d'aller s'installer plus confortablement dans l'autre voiture où Maria se trouvait seule.

Les malles étaient arrimées sur les toits. Il y avait celles du duc que les domestiques de la princesse Ysevolsov avaient amenées avec lui chez Pierre Vallon. Quant à Zoia, avec l'aide de Maria, elle n'avait emballé que le strict nécessaire. Elle aurait aimé emporter quantité de petites choses qui représentaient des souvenirs de sa mère, ou simplement qu'elle aimait. Mais elle avait dû faire un choix sévère pour épargner les chevaux. S'ils étaient trop chargés, leur voyage pouvait mal se terminer. Elle n'avait donc pris que quelques toilettes, parmi les moins encombrantes. De plus, ils avaient dû se charger de provisions de bouche au cas où ils ne trouveraient pas à se ravitailler en route.

– Les gens ont peur de manquer de nourriture en temps de guerre, avait expliqué Jacques. Ils gardent tout! Et il ne faudrait pas que Monsieur et vous mouriez de faim avant d'arriver...

Zoia avait remarqué que dans sa sollicitude, Jacques excluait systématiquement le duc. Il éprouvait en effet du ressentiment envers cet intrus qui avait envahi leur intimité et bouleversé l'atmosphère paisible de leur petite famille.

– Vous oubliez notre invalide, Jacques! lui avait-elle fait observer en souriant.

– Dieu m'en garde! avait-il répliqué d'un ton aigre.

Maria, au contraire, aimait beaucoup le duc. Elle admirait son courage, touchée qu'il la remercie avec tant de chaleur pour les soins qu'elle lui prodiguait. Elle assurait n'avoir jamais vu plus bel homme et lui était totalement dévouée.

Voyant le visage de Pierre Vallon lorsque les tours et les dômes de Moscou disparurent à l'horizon, Zoia comprit que ce départ tragique lui inspirait une œuvre nouvelle. Aussi n'eut-elle aucun mal à le persuader de s'isoler pour composer dans l'autre voiture. Il avait besoin d'être seul et elle avait la joie de se retrouver en tête à tête avec le duc. Pierre Vallon n'avait pas reparlé avec sa fille de son amour pour le duc. Elle savait pourtant qu'il n'avait pas cessé d'y penser et que cela le tourmentait énormément.

Pierre Vallon craignait-il de menacer la confiance et la tendresse qui l'unissaient à sa fille s'il insistait? Ou bien était-il décidé à laisser agir le destin?

Maria avait pris la place de Pierre Vallon et s'était vite endormie, les voyages lui faisant toujours cet effet.

Enfin, Zoia était seule avec l'homme qu'elle aimait... Elle se tourna vers lui, croyant qu'il dormait, mais elle rencontra aussitôt le doux regard de ses yeux gris fixés sur elle.

– Etes-vous assez confortablement installé? s'enquit-elle.

– Je pense à une chose : j'ai vraiment eu de la chance de ne pas avoir été laissé pour mort à Borodino! dit-il avec un sourire.

– Il faut oublier ce cauchemar! Comme je l'ai dit à papa, une nouvelle vie commence. Et, je ne veux plus penser aux horreurs de la guerre, ni à l'incendie de Moscou... Oh! nous aurons des problèmes! Mais ce seront des problèmes nouveaux. Nous ferons comme les serpents qui changent de peau...

– Mais j'aime votre peau telle qu'elle est! répliqua-t-il d'un ton sans réplique.

Elle rougit brusquement et se tut.

– Vous êtes une femme remarquable, Zoïa. Je n'en connais pas d'autre qui aurait accepté si calmement tout ce qui vous est arrivé depuis quelques semaines, et qui aurait abandonné son foyer aux flammes sans se lamenter. Pas d'autre! dit-il avec une admiration contenue.

– Mais j'ai du chagrin! s'écria-t-elle. Seulement... ceux qui comptent pour moi sont sauvés – papa et vous! Que demander de plus?

Elle avait prononcé ces derniers mots avec une infinie tendresse, évitant de le regarder. Elle sentait son regard sur elle et redoutait sa réaction à cet aveu.

Quand elle osa enfin tourner la tête vers lui, il s'était endormi.

Ils ne pouvaient pas couvrir trop de kilomètres chaque jour à cause des chevaux qu'il fallait laisser se reposer. Car il n'était plus question de les changer à chaque étape. Avec la guerre, les chevaux étaient devenus rares. Un domestique devait les veiller toute la nuit, afin qu'ils ne soient pas volés. Les voleurs de chevaux attaquaient même sur les routes, en plein jour.

Pourtant, en descendant vers le sud, ils étaient entrés dans une région merveilleuse. Il faisait chaud comme en été et on ne voyait, à perte de vue, que des vignes chargées de grappes. Les arbres croulaient de fruits. Il y avait des fleurs partout. Zoia était émerveillée.

La guerre semblait loin. On ne croisait plus de soldats montant vers le nord pour rejoindre l'armée de Koutouzov. Dans les champs, les hommes travaillaient aux côtés des femmes.

Les paysans souriants les acclamaient sur leur passage et leur vendaient tout ce dont ils avaient besoin.

Les chevaux commençaient à ressentir la fatigue, mais Zoia se sentait renaître. L'état du duc s'améliorait de jour en jour, ce qui contribuait pour beaucoup à l'allégresse de la jeune fille.

Une intimité simple et charmante s'était établie entre eux. Ils bavardaient ou pouvaient rester des heures assis l'un près de l'autre sans avoir besoin de parler pour savoir ce qu'ils pensaient.

La nuit, ils dormaient soit sous les tentes que Jacques avait emportées, soit dans les berlines. Maria et Zoia dans l'une, le duc et son père dans l'autre. Allongée près de sa chère Maria, Zoia pensait à son amour pour le duc qui grandissait de jour en jour. Elle se sentait irrésistiblement attirée par lui. C'était l'homme idéal, l'être unique dont elle avait toujours rêvé. « Je suis heureuse... heureuse comme jamais, se disait-elle. Je voudrais que ce voyage dure toute l'éternité! »

Mais, tout a une fin, et un jour, Odessa apparut à l'horizon. Ils s'arrêtèrent pour déjeuner sur l'herbe, au bord de la route, et là, Pierre Vallon déclara au duc :

– Nous allons vous conduire directement au palais du gouverneur, puis nous irons chercher un logement en ville pour nous.

Entendant cela, Zoia jeta un regard désespéré au duc qui s'écria :

– Que dites-vous? Mais vous m'accompagnerez

au palais! Il n'est pas question que nous nous séparions! Et vous savez bien que je ne peux rien faire sans vous, dans mon état...

– Il me semble plus correct que nous allions de notre côté. Je ne connais pas le gouverneur. Et s'il nous traitait en ennemis de son pays? Mes compatriotes ne le sont-ils pas?

Le duc éclata de rire et, comme Pierre Vallon le regardait avec étonnement, il dit :

– Le gouverneur est français! Oui... Le duc de Richelieu a émigré pendant la Révolution de 1789 et il est entré au service de la Russie. C'est ainsi qu'il est devenu gouverneur général de la Nouvelle Russie, c'est-à-dire de l'Ukraine, en 1803. C'est à lui que l'on doit le développement du port d'Odessa. Vous verrez, c'est très impressionnant.

Comme Pierre Vallon hésitait encore, le duc reprit :

– Je vous affirme que vous serez fort bien accueillis au palais.

– Si vous me jurez que cela ne vous gênera vraiment pas, alors nous resterons avec vous, dit enfin Pierre Vallon.

– Je dois aussi vous dire que le duc de Richelieu est grand amateur de musique. Il faut même que je vous avoue une chose : la dernière fois que j'ai séjourné au palais, à Odessa, je me suis considérablement ennuyé à un concert auquel j'ai été obligé d'assister chez lui...

Le père de Zoia se mit à rire, et le duc précisa :

– Puisque nous parlons musique, laissez-moi vous dire que j'aurais grand plaisir à entendre ce que vous avez composé durant notre voyage.

– Je serai heureux de vous le faire entendre. Malheureusement, il me faudra un grand orchestre.

– Je suis persuadé que le duc de Richelieu vous le fournira, assura le duc.

Zoia intervint timidement :

– Etes-vous certain que vos amis seront contents de nous accueillir chez eux? Et si le palais était déjà plein?

– Attendez et vous verrez! répondit-il gaiement.

Ils arrivèrent dans l'après-midi. Quand Zoia aperçut les fameux cyprès que Catherine avait fait planter dans la ville, et dont les formes sombres se découpaient sur le ciel bleu avec la mer en arrière-plan, elle s'émerveilla. Jamais elle n'avait rien vu de plus beau. Le palais semblait émerger d'un océan de fleurs et de buissons multicolores, dans tout l'éclat de sa blancheur immaculée.

Ressentant vivement le contraste qu'ils offraient avec ce décor magnifique, elle se sentit soudain sale et poussiéreuse. Le duc, lui, avait l'air épuisé.

Dès que le gouverneur fut averti de leur arrivée, il vint les accueillir lui-même avec une telle sympathie que les voyageurs comprirent que l'hospitalité la plus généreuse leur serait réservée. Le duc de Richelieu dit immédiatement à Pierre Vallon :

– Je vous ai entendu à Londres, monsieur Vallon, et c'est un immense plaisir pour moi d'avoir l'occasion et l'honneur de vous recevoir sous mon toit.

Puis, le duc lui présenta Zoia, et il plissa les yeux pour mieux la regarder avant de déclarer aimablement :

– Sachez, mademoiselle, qu'à Odessa la beauté est toujours bien accueillie.

Confuse d'un tel compliment, Zoia devint rouge comme une pivoine. Mais on ne pouvait douter de la sincérité du gouverneur tant son regard était admiratif. Il leur fit les honneurs du palais.

Le duc était terriblement fatigué, aussi se coucha-t-il dès qu'on lui eut donné sa chambre. Quant à Zoia, elle prit un bain avec ravissement, mit sa plus jolie robe et descendit.

La duchesse de Richelieu l'accueillit avec beaucoup d'effusions et la présenta aux femmes qui l'entouraient. Elles se montrèrent toutes aimables bien que moins exubérantes que la duchesse, redoutant sans doute un peu cette nouvelle venue qui, par sa beauté resplendissante, risquait de devenir une rivale dangereuse.

Comme ils arrivaient de Moscou et apportaient des nouvelles de la bataille de Borodino, ils furent très entourés. Tout le monde voulait des détails et Pierre Vallon dut raconter son entrevue avec Napoléon.

– Comment peut-on se conduire d'une façon aussi terrible ? Ce Corse est un barbare, un sauvage ! s'exclama la duchesse.

Le gouverneur l'interrompit :

– Je suis d'accord avec vous, ma chère. Mais il faut tout de même s'incliner devant l'exploit extraordinaire de cet homme qui a réussi à conduire une armée de six cent mille soldats depuis Paris jusqu'au cœur de la Russie et à entrer dans Moscou sans rencontrer de résistance !

– Je voudrais qu'il grille dans le palais qu'il a envahi, déclara une invitée. Quand je pense que je devais passer l'hiver à Moscou !

– Il n'y aura certainement pas de bal à Moscou cet hiver ! Je me demande même s'il restera un seul bâtiment debout quand les Français s'en iront, dit Pierre Vallon.

– Mais pourquoi les Français partiraient-ils ? demanda naïvement la duchesse de Richelieu.

– Ils seront bien obligés, quand il n'y aura plus rien à manger...

– J'aime mieux ne pas penser à toutes ces horreurs ! Tout ce que je souhaite, c'est que les Français périssent jusqu'au dernier, comme des rats pris au piège !

Il y eut un lourd silence. La jolie femme qui venait de parler se souvint trop tard que Pierre

Vallon était français. Tout le monde se hâta de parler d'autre chose pour effacer l'incident.

Les jours suivants, Zoia n'eut qu'à se louer de la gentillesse et de la bonté de ses hôtes et de leurs invités.

Une vieille comtesse qui avait connu sa grand-mère, lui dit un jour, gentiment :

– Vous avez le regard russe, ma chère enfant. Et je vois que vous avez la même sensibilité que votre mère et que votre grand-mère. Notre gloire et notre malheur, à nous autres Russes, c'est que nous ne connaissons que le désespoir ou l'extase! Mais enfin, on ne peut avoir l'un sans l'autre, n'est-ce pas?

Zoia le savait bien. Avec le duc, elle connaissait à la fois le bonheur de le voir et le désespoir de savoir que l'instant de leur séparation était de plus en plus proche.

Le duc s'était remis rapidement des fatigues du voyage. Il passait ses journées sur le balcon de sa chambre qui donnait sur les jardins et sur la mer. Le jour vint où il put descendre s'asseoir dans la véranda, au rez-de-chaussée.

– Comme tout est beau ici! lui dit Zoia.

Autour d'eux, les oiseaux chantaient. Sous leurs yeux, la mer d'un bleu intense était agitée par le mouvement des vagues sous un ciel limpide.

– Il ne manque qu'une chose, remarqua le duc.
– Quoi donc?
– La musique!
– Voulez-vous que je joue du piano pour vous?
– Cela me ferait infiniment plaisir.

Elle avait remarqué un piano dans la pièce voisine, qui donnait sur la véranda. Elle s'y installa et se mit à jouer. De sa place, elle pouvait voir le duc. Il semblait particulièrement ému par l'une des compositions qui évoquait les beautés de la nature.

Puis, malgré l'interdiction qu'elle s'en était faite à elle-même, elle improvisa sur le thème de la joie et du désespoir que son amour lui inspirait.

Elle essaya d'exprimer son émotion lorsqu'elle avait rencontré l'être aimé, lorsqu'elle lui avait touché la main. Et elle dit aussi toute la beauté de l'amour quand il rapproche l'homme de Dieu.

Elle songeait tout en jouant que si elle devait être à jamais séparée du duc, elle prierait toute sa vie pour qu'il soit heureux et pour ne jamais oublier le merveilleux sentiment qu'il avait éveillé en elle.

Zoia, comme toujours lorsqu'elle jouait, avait tout oublié. A la fin, elle se sentit épuisée; elle s'était donnée tout entière à la musique.

Revenant sur terre, elle s'aperçut avec confusion qu'il y avait foule autour d'elle. Et son père était là, parmi ceux qui la regardaient et l'avaient écoutée.

Beaucoup de gens étaient entrés dans la véranda sans bruit. Ils s'étaient assis autour du duc, et avaient écouté, subjugués par la musique.

Rencontrant le regard de son père, Zoia comprit qu'elle venait imprudemment de livrer le secret de son cœur. Elle se leva brusquement, plus consternée qu'intimidée. Puis, sans un mot, elle sortit de la pièce et courut se réfugier dans sa chambre.

7

Zoia trouva un soir, étalé sur le lit, le splendide manteau de cour que la duchesse lui avait offert.

Trois jours auparavant, au cours du déjeuner, le gouverneur avait annoncé :

– Notre invité très distingué, le duc de Welminster, vient de me dire qu'il se sentait suffisamment rétabli pour assister à une fête... J'ai donc décidé d'inviter tous ceux qui ont envie de le voir depuis son arrivée à Odessa.

A l'autre bout de la table, la duchesse avait demandé :

– Mais quel genre de soirée ?

– Exactement celle que vous aimez, chère amie, avec danse et musique, et même un grand concert grâce à Pierre !

Depuis, Zoia était très préoccupée par la toilette qu'elle allait mettre pour le bal.

Elle voulait plaire au duc, et elle tenait aussi à ne pas être éclipsée par les autres invitées...

Elle avait heureusement mis dans ses bagages, par chance, une robe du soir extrêmement élégante. Elle l'avait conservée dans son armoire en prévision des bals que donnait chaque hiver, au Kremlin, le comte Rostopchine. Elle avait été invitée l'hiver précédent. Bien qu'encore en deuil de sa mère, elle avait pensé qu'étant donné le caractère exceptionnel de ces grands bals, son père lui demanderait peut-être de l'accompagner... Voilà pourquoi elle avait fait faire cette somptueuse robe de soie blanche.

Mais elle n'avait pas de traîne, et Zoia savait, pour l'avoir entendu dire maintes fois par sa mère, que pour les bals officiels les femmes devaient porter la traîne. Elle avait songé un moment confier son souci à la duchesse, puis elle s'était ravisée.

Or, la veille, la duchesse de Richelieu l'avait fait prier de venir la voir.

Zoia l'avait trouvée dans sa chambre, allongée devant la fenêtre ouverte donnant sur la mer, dans un luxueux déshabillé de dentelle.

– J'avais envie de bavarder un peu avec vous! avait commencé la duchesse. Nous n'avons pas eu un instant pour le faire depuis votre arrivée. Mais asseyez-vous, Zoia.

– C'est très aimable à vous, madame...

– Mon mari s'occupe de votre père. Mais vous m'appartenez, puisque vous êtes la fille de Natacha Strovolsky.

– Vous avez connu maman?

– J'ai rencontré votre mère à l'époque où elle venait d'épouser votre père, juste avant que nous ne quittions la France pour échapper à la guillotine.

Elle tendit la main à Zoia et ajouta avec gentillesse :

– Votre maman doit beaucoup vous manquer... Vous lui ressemblez tellement!

Les yeux de Zoia s'emplirent de larmes.

– Si votre mère était là, reprit la duchesse, dans les circonstances où vous vous trouvez, elle voudrait que vous soyez la plus belle au bal, demain... Alors, vous allez me permettre de vous offrir une traîne pour accompagner votre robe. Je suppose que vous n'avez pas emporté de traîne dans vos bagages!

– J'étais en effet très ennuyée de ne pas en avoir, avoua Zoia.

— Je l'ai deviné et c'est pourquoi je vous en offre une. Allez vite dans la pièce voisine et regardez sur le lit! Vous me direz si cela vous plaît...

Dans le boudoir attenant à la chambre, Zoia découvrit la plus ravissante des traînes, en soie épaisse, d'un joli bleu turquoise, entièrement rebrodée de perles fines et bordée d'hermine.

— C'est une vraie merveille! dit-elle à la duchesse en revenant auprès d'elle. Mais je suis confuse... Je la porterai pour le bal et je vous la rendrai.

— C'est un cadeau! J'y tiens! Et je vais aussi vous donner une broche pour l'agrafer. Je vous en fais cadeau, il faut l'accepter!

Ouvrant un écrin de velours, elle en retira une jolie broche de turquoises et de diamants, et la tendit à Zoia.

— Je ne sais comment vous exprimer mes remerciements! Je suis comblée, confuse... Et je suis sûre que ces turquoises vont me porter bonheur!

— C'est vrai! Ici, comme au Caucase, les turquoises ont la réputation de porter bonheur! Et vous en avez bien besoin. La vie a dû être si difficile pour vous. Vos deux patries sont en guerre... Zoia! Je suis convaincue que vous allez découvrir le bonheur au moment où vous vous y attendrez le moins!

— Je l'espère... soupira Zoia.

Elle ne pouvait parler du duc à la duchesse de Richelieu qu'elle connaissait à peine. Elle s'était donc retirée, après l'avoir encore remerciée chaleureusement pour ses cadeaux.

De retour dans sa chambre, elle s'était jetée sur son lit, et était restée longtemps là, immobile, à penser au duc.

Elle était désespérément, totalement amoureuse.

La femme de chambre avait préparé pour Zoia un bain parfumé aux tubéreuses, ces fleurs qui symbolisent l'amour passionné.

Elle s'y plongea et pensa à nouveau au duc, à tout

ce qu'il lui avait dit en se promenant dans le jardin quelques heures auparavant. Il y avait beaucoup de promeneurs autour d'eux et chacun pouvait entendre ce que disaient les autres.

– Vous sentez-vous tout à fait bien maintenant? lui avait-elle demandé. Le bal de ce soir ne sera-t-il pas trop fatigant pour vous?

– Maria m'a posé la même question. Mais elle a dû admettre que mes blessures étaient bien cicatrisées, et qu'il n'était plus nécessaire de me dorloter comme un petit enfant!

– Oh! Je n'ai jamais voulu vous dorloter!

Mais Zoïa savait bien qu'elle aurait aimé continuer à le soigner, trop heureuse de lui être indispensable, tout comme Maria d'ailleurs.

– Il ne me reste que des cicatrices. Pour ainsi dire, mes décorations! ou plutôt mes souvenirs de la bataille de Borodino.

– Savez-vous que je vous ai cru mort quand on vous a amené à la maison?

– Mais je ne devais pas mourir... Et je vous dirai pourquoi un jour, avait-il dit d'un ton mystérieux.

Elle l'avait regardé d'un œil interrogateur, mais il scrutait la mer, au delà des jardins.

Et, avec un serrement de cœur, elle s'était dit : « Il pense à son pays, au départ... » Elle avait été sur le point de lui demander quand il avait l'intention de quitter Odessa. Puis, sachant qu'elle ne supporterait pas sa réponse, elle s'était abstenue.

Le duc avait changé de sujet :

– Je me souviendrai toute ma vie de la splendeur de ces jardins où vous ressemblez à une fleur.

Leurs regards s'étaient rencontrés. Elle avait eu l'impression qu'ils étaient aussi proches l'un de l'autre que le jour où ils avaient été seuls ensemble dans le salon de musique de la princesse Ysevolsov.

Puis, d'autres invités les avaient rejoints et tout le monde s'était mis à parler du bal.

Quand elle eut fini de se baigner, Zoia s'assit devant la coiffeuse et se laissa coiffer à la dernière mode par la femme de chambre.

Elle voulait mettre le diadème qui avait appartenu à sa mère. Tout en diamants, il avait été offert à Natacha Strovolsky pour ses dix-sept ans.

Zoia s'en empara avec dévotion. Elle sentait que sa mère serait auprès d'elle, ce soir, pour son premier bal. Elle avait eu l'occasion de la voir porter ce diadème lorsque celle-ci avait accompagné son mari à des soirées officielles.

– Maman, tu es une princesse de conte de fées et papa est le prince charmant! lui avait-elle dit une fois.

– Mais c'est ce qu'il sera toujours pour moi, avait répondu sa mère, qui avait ajouté, montrant le diadème : Je suis heureuse de l'avoir gardé et de pouvoir le porter ce soir, où nous rencontrerons tant de gens élégants et importants. J'ai failli le vendre au début de notre mariage, avant que ton père soit reconnu comme un grand musicien, mais il n'a jamais voulu que je le fasse.

Ce n'était pas à cause de la grande valeur de ce diadème que son père avait refusé, mais parce qu'il restait le symbole de tout ce que sa mère avait abandonné pour l'aimer.

Zoia plaça le diadème sur sa tête. Elle était ravissante ainsi... La femme de chambre l'aida à passer sa robe de bal et mit sur ses épaules le long manteau de soie turquoise.

Cet ensemble lui donnait une allure vraiment impériale qu'elle n'avait jamais eue jusqu'ici. Qu'en penserait le duc? Mais son père ouvrait la porte.

– Tu es prêt, papa? demanda-t-elle.

Elle se retourna pour se faire admirer.

– J'ai à te parler, lui dit-il.

Elle pria la femme de chambre de les laisser seuls et le regarda avec anxiété.

– Qu'y a-t-il, papa?

Il semblait chercher ses mots. Il s'approcha d'elle.

– Papa, qu'est-ce qui se passe? insista-t-elle.

– Il y a un bateau turc dans le port. Il lèvera l'ancre demain matin à l'aube, annonça-t-il. J'ai parlé au capitaine. Il va nous emmener à Marseille. C'est une occasion que nous ne pouvons manquer. Je dois te dire qu'un navire de guerre anglais est attendu dans deux ou trois jours. J'ai entendu le duc en parler avec les aides de camp de Son Excellence. Il rejoindra l'Angleterre sur ce bateau.

Zoia resta figée de stupeur.

– Nous quitterons le bal sans nous faire remarquer et irons directement sur le bateau, poursuivait son père.

– Quitter le bal?... répéta-t-elle sans comprendre.

– Oui, ma chérie. Pourquoi te torturer inutilement en faisant des adieux au duc?

– Papa... Tu sais combien je l'aime!

– Je le sais. Mais c'est un amour qui ne peut t'apporter que des chagrins. Comprends qu'éviter les adieux est la meilleure façon de partir, pour toi comme pour lui.

– La meilleure?

– Oui. Le duc de Welminster est un homme important dans son pays, tout comme l'était ton grand-père en Russie. Il a le même orgueil de caste. Il ne peut se permettre une mésalliance.

Zoia était au désespoir. Elle savait qu'il avait raison et n'en souffrait que davantage.

– Il faut être courageuse, ma petite fille chérie. Maria est en train de faire nos bagages. Elle partira plus tard avec Jacques. Tous deux nous rejoindront sur le bateau.

Anéantie, Zoia écoutait les ultimes recommandations de son père.

– Je t'attendrai au fond du jardin dans une voiture fermée. Mieux vaut ne pas quitter le bal ensemble pour ne pas éveiller les soupçons de nos hôtes. Le gouverneur a prévu un ballet tzigane qui doit commencer vers minuit. Tu profiteras de l'arrivée des musiciens pour t'éclipser et me rejoindre.

– Mais c'est très impoli... murmura Zoia.

– J'y ai pensé. J'ai écrit une lettre au gouverneur et à la duchesse pour les remercier de leur hospitalité.

– Et... et le duc? gémit-elle.

– Quand il apprendra notre départ, il sera heureux que nous lui ayons épargné un moment d'embarras. Les Anglais ont horreur des effusions.

– Mais ne crois-tu pas... quand même, papa, insista Zoia, qu'il va trouver que nous nous sommes conduits de façon bien cavalière en ne lui faisant même pas part de nos projets?

– Veux-tu que je sois franc avec toi, Zoia?

– Bien sûr.

– Eh bien, je sais que le duc te trouve belle et désirable. Mais tu dois regarder la vérité en face : il demandera autre chose à la femme dont il fera son épouse.

Zoia ferma les yeux, comme si la lumière la blessait. Puis elle répondit à son père d'une voix infiniment triste :

– Je ferai comme tu voudras, papa... Parce que j'ai confiance en toi... et parce que nous devons éviter... tout ennui au duc...

– Je vois que tu es raisonnable, ma chérie. Je t'assure que je préférerais te laisser faire ce que tu veux, même si je devais tout sacrifier pour cela.

Zoia s'approcha de lui, lui mit les bras autour du cou et, appuyant sa joue contre la sienne, elle murmura :

– Je croyais que l'amour n'apportait que bonheur et joie. Et je sombre dans un désespoir sans fond...

– C'est ce que j'ai ressenti lorsque ta mère est

morte. Et pourtant, la vie continue.. Tu rencontreras sûrement un autre homme que tu aimeras, et avec qui tu seras heureuse...

Zoia eut envie de hurler que jamais cela ne lui arriverait, mais elle ne dit rien et resta un moment serrée contre son père.

– Nous allons nous mettre en retard pour le dîner, dit-il soudain. Et Son Excellence a organisé cette fête autant en notre honneur que pour le duc. Dépêchons-nous!

Il quitta Zoia qui, revenant vers son miroir, constata avec surprise que son visage était toujours le même malgré ce qu'elle venait de vivre. Son père lui avait ravi sa jeunesse, et elle n'aurait pas été étonnée de découvrir qu'elle avait des rides et des cheveux blancs. Au lieu de cela, elle était extrêmement belle.

La salle de bal était brillamment éclairée par d'immenses lustres de cristal où brûlaient des centaines de chandelles, et par des bougies disposées tout le long de la corniche sculptée du plafond. De splendides bouquets de fleurs rares et odorantes ornaient ces lieux luxueusement meublés.

Les invités étaient dignes de la magnificence de ce cadre. Les femmes étaient couvertes de somptueux bijoux, et les diamants étincelaient sur les tiares, les diadèmes et jusque sur les boucles des escarpins.

La duchesse et ses dames d'honneur portaient la longue robe de cour traditionnelle en soie blanche, à taille haute, avec un minuscule corsage moulant la poitrine et, par-dessus, la traîne rouge rebrodée d'or. Le ruban de l'Ordre de Sainte-Catherine, avec sa croix de diamant, ajoutait encore à tant de splendeur.

Les hommes étaient tout aussi impressionnants. Ceux qui ne portaient pas d'uniforme chamarré arboraient leurs décorations sur leur habit. Zoia remarqua que le duc portait celle de l'Ordre de la Jarretière fixée sous son genou gauche.

Les officiers de Hussards étaient en blanc et or, les chambellans de la Cour en habit bleu chamarré d'or. On reconnaissait les jeunes Circassiens à leurs grands chapeaux noirs ou à leurs toques en peau de mouton blanche.

Cette soirée offrait aux yeux éblouis de Zoia un spectacle enchanteur. Dans la salle à manger d'apparat, les couverts et la vaisselle d'or fin brillaient sur l'immense table. Et à sa grande surprise, Zoia avait été placée à la droite du gouverneur.

Son père était à gauche de la duchesse qui avait le duc de Welminster à sa droite. Car, comme le précisa le gouverneur, ils étaient tous les trois les invités d'honneur du palais.

— Tout ce monde n'est venu que pour vous voir, dit-il à Zoia avec un aimable sourire.

— Vraiment? Mais nous sommes français!

— Oui, comme moi! Ma chère, la musique est une langue internationale qui ne connaît ni frontières ni barrières sociales. A mon avis, votre père domine un empire au moins aussi grand que celui que Napoléon est en train d'édifier.

Zoia se réjouissait de voir que son père profitait pleinement des plaisirs de la soirée.

« Pour moi aussi, se disait-elle, ce serait la plus merveilleuse des fêtes, si ce n'était la dernière page du plus beau chapitre de ma vie... »

Elle savait que tout ce qui allait lui arriver désormais lui paraîtrait terne et fade. Elle se désespérait en songeant qu'elle allait quitter le duc pour toujours.

« Sans lui, je serai seule comme jamais. Et cette solitude sans amour sera glaciale comme l'hiver en Sibérie... », pensait-elle.

Le duc était splendide, elle ne voyait que lui au milieu de cette assemblée pourtant brillante. Dans la salle de bal, il vint vers elle.

— Je ne puis malheureusement pas vous inviter à danser, Zoia. Maria m'a fait jurer de ne pas commettre cette imprudence... Mais accepteriez-vous de vous asseoir à côté de moi pour bavarder?

— Vous savez bien que je ne demande que cela, répondit-elle avec son habituelle sincérité.

Elle avait pensé rester près de lui toute la soirée, mais le gouverneur vint l'inviter à danser. Elle ne pouvait refuser. Puis d'autres cavaliers firent de même et à eux non plus elle ne pouvait dire non. Finalement, le duc lui prit le bras et l'entraîna sur la terrasse.

C'était une belle nuit de clair de lune et le ciel était plein d'étoiles. Le jardin, éclairé par des lanternes dissimulées dans les buissons fleuris, était beau comme un poème. Au delà, on devinait l'immensité de la mer.

Ils s'assirent sur un banc, dans la pénombre. On entendait la musique de la salle de bal. Zoia était si émue qu'elle était incapable de prononcer un mot.

— Vous êtes malheureuse, n'est-ce pas? demanda le duc.

— Oui... Vous l'avez compris?

— Ne savons-nous pas depuis longtemps, tous les deux, que je sais lire dans vos pensées, Zoia? Dites-moi ce qui vous bouleverse... Peut-être préférez-vous que je le devine?

— N'en parlons plus, répondit-elle. Ne pensons qu'à cette si belle fête donnée en votre honneur.

— Et pour vous, Zoia. Vous êtes ravissante, ce soir, merveilleuse... ajouta-t-il d'une voix vibrante.

Troublée mais ne voulant pas le montrer, elle essaya de parler d'autre chose.

— Tout le monde... a été si aimable. La duchesse de Richelieu m'a offert cette magnifique traîne... Je n'oublierai jamais ce séjour à Odessa!

— Il y a bien d'autres moments qui resteront inoubliables pour nous deux! déclara-t-il avec feu.

— Vous vous en souviendrez aussi? demanda-t-elle très vite en baissant les yeux.

— Aucun souvenir ne restera plus vif dans ma mémoire que celui de l'instant où j'ai repris conscience, chez vous, et où j'ai vu votre joli visage penché sur moi.

Zoia frissonna. Il y avait si longtemps qu'elle avait envie d'entendre ces mots-là! Elle les avait tant attendus...

— J'ai toujours eu l'impression, reprit-il, que vous m'appeliez à vous, que vous me tiriez hors de la nuit où j'avais sombré. Par la suite, j'ai compris que j'avais toujours senti votre présence auprès de moi pendant que j'étais inconscient.

C'était exactement ce que Zoia avait souhaité pendant toutes ces journées où elle avait tenté de l'arracher à la mort. Mais elle n'osa le lui dire, et ce fut encore lui qui parla :

— Vous n'avez pas imaginé que je pourrais jamais oublier cela, dites?

— Je vous en prie... ne m'oubliez jamais! implora-t-elle tout bas.

Les mots avaient jailli d'eux-mêmes et elle se raidit. Mais le duc plongea son regard jusqu'au tréfonds d'elle-même.

Ils étaient là, immobiles, submergés par une même émotion, quand une voix gaie s'écria près d'eux :

— Ah! vous voilà, mademoiselle Vallon! Je vous cherchais! Son Excellence désire que vous veniez danser la mazurka avec lui, annonça l'aide de camp du gouverneur.

Zoia le regarda un instant sans comprendre, puis elle se leva brusquement, se ressaisit et répondit d'un ton résolu, comme si elle se jetait de force dans la réalité :

— Son Excellence est trop aimable...

— Permettez-moi de vous escorter jusqu'à la salle de bal, mademoiselle, répondit l'aide de camp.

– Je vous remercie, dit-elle sans regarder le duc.

Il lui semblait qu'on l'arrachait à lui, elle aurait voulu le supplier de la retenir, mais il fallait suivre l'aide de camp dans la salle de bal.

Ayant remercié le gouverneur de l'honneur qu'il lui faisait, elle se lança avec lui dans une mazurka endiablée.

Ensuite, elle ne trouva pas un instant pour échapper aux danseurs qui se pressaient autour d'elle et s'arrachaient la faveur de danser avec elle.

A la fin de chaque danse, elle regardait désespérément autour d'elle, cherchant le duc parmi les invités. Mais dès qu'elle le trouvait, il y avait toujours quelqu'un qui s'emparait de ses mains et l'entraînait dans la danse avant qu'elle ait pu le rejoindre à travers la foule qui se pressait dans les salons.

Elle dansait, elle dansait sans fin, machinalement, sans rien entendre de ce qu'on lui disait, sans savoir ce qu'elle répondait. Elle était obsédée par les minutes qui passaient – les dernières qu'elle aurait pu passer avec l'homme qu'elle aimait.

Tout à coup, elle s'aperçut que son père avait disparu. Le désespoir l'envahit.

La danse s'acheva. Il y eut un roulement de tambour et les Tziganes annoncés apparurent.

Leurs pommettes hautes, leur teint basané, leurs yeux brillants aussi noirs que leurs chevelures apportaient un souffle d'exotisme. Tout en eux montrait qu'ils n'étaient pas de la même race que les invités du gouverneur.

Un grand mouvement s'était produit parmi les convives qui s'écartaient du milieu de la piste. Les femmes allèrent s'asseoir sur les fauteuils et les sofas disposés autour de la pièce. Les hommes se rassemblèrent par petits groupes pour regarder le spectacle.

Quand les femmes s'élancèrent pieds nus et commencèrent à danser en faisant virevolter leurs atours colorés, leurs colliers et leurs bracelets dorés, Zoia s'apprêta à partir discrètement.

Elle jeta un dernier regard autour d'elle, cherchant le duc sans le voir. De toute façon, il fallait partir. C'était fini.

Qu'avait-elle à lui dire, d'ailleurs? Qu'elle l'aimait. Rien d'autre. Et c'était précisément ce qu'elle ne devait surtout pas lui révéler.

L'assemblée était fascinée par les Tziganes. Zoia se glissa furtivement jusqu'à la porte-fenêtre ouverte sur la terrasse et descendit rapidement l'escalier de marbre qui menait aux jardins. Personne n'avait remarqué sa fuite.

Elle courut sur les pelouses, entre les massifs de fleurs, jusqu'au dernier escalier, au fond du jardin. Là, elle distingua la voiture qui attendait en bas des marches, comme prévu.

C'était une berline fermée. Deux hommes étaient sur le siège du cocher. Dès qu'elle apparut, l'un d'eux sauta à terre et alla se poster à la portière. Elle descendit les marches, le cœur serré, vers la voiture, comme si elle allait à l'échafaud.

La portière était ouverte. Elle s'engouffra dans la voiture et se laissa tomber sur la banquette du fond, à côté de son père qui devait être là.

La portière claqua, le valet regagna son siège et les chevaux partirent sans perdre un instant.

Alors, elle se pencha pour revoir une dernière fois ce jardin où elle laissait tant de bonheur.

– Adieu, mon amour... mon seul et unique amour... murmura-t-elle très bas.

Puis elle se rejeta en arrière, luttant contre les larmes qui l'aveuglaient.

– A qui donc dites-vous adieu, Zoia? demanda près d'elle la voix chaude et profonde du duc.

Aussi stupéfaite que bouleversée, elle se tourna vers lui et distingua clairement ses traits à la lumière de la lune. Il la contemplait avec tendresse.

— Pourquoi... est-ce vous qui êtes là ? Que... s'est-il donc passé ? balbutia-t-elle.

— C'est bien la question que je voulais moi-même vous poser, Zoia. Que s'est-il passé en vous et comment avez-vous pu croire que vous pouviez me quitter sans que je m'en aperçoive ?

— Mais... papa m'a dit... bredouilla-t-elle, éperdue.

— Votre père est déjà à bord du bateau turc qui va l'emmener en France. Et moi, j'ai une question à vous poser, une seule, mais je tiens à ce que vous me répondiez en toute sincérité.

— Quelle question ? murmura-t-elle.

— Une question très simple. Je veux que vous me disiez qui vous aimez le plus : votre père ou moi ?

Elle eut l'impression d'avoir mal entendu, mal compris...

Elle leva les yeux vers lui et vit alors sur son visage une expression qu'elle ne lui avait encore jamais vue et dont la tendresse fit chavirer son cœur d'un fol espoir.

— C'est une question très importante pour vous comme pour moi. Selon votre réponse, je vous conduirai sur le bateau où votre père vous attend et vous partirez avec lui, ou vous resterez avec moi.

Eblouie, n'osant y croire, elle restait presque paralysée par l'émotion.

— C'est une question d'amour, dit-il encore. C'est tout ce que je veux savoir.

— Je vous aime... je vous aime follement... mais...

Il la prit dans ses bras :

— Il n'y a pas de « mais », dit-il, si vous m'aimez... Si vous m'aimez réellement. C'est cela que je voulais savoir.

— Oui, je vous aime !

Emu, il la serra contre lui tandis qu'elle lui offrait ses lèvres.

La douce pression des lèvres du duc sur les siennes l'emporta dans une extase plus parfaite encore que celle qu'elle avait déjà bien souvent éprouvée simplement parce qu'il était près d'elle. Elle aurait voulu mourir dans cette étreinte.

Il la serra plus fort contre lui. Ses baisers se firent plus ardents, plus exigeants. Zoia avait l'impression d'être emportée avec lui dans un tourbillon de flammes.

— Moi aussi, je vous aime, Zoia! murmura-t-il avec ferveur. Je vous ai aimée dès le premier instant où je vous ai vue. Mais j'ai voulu attendre d'être guéri pour vous avouer mon amour.

— Est-ce possible? Est-ce vrai? Vous m'aimez? répétait-elle, n'osant croire à son bonheur.

— Je vous aime, oui. Et nous allons nous marier tout de suite.

— Nous marier?

— Oui, ma chérie, cela nous facilitera les choses pour rentrer en Angleterre, si nous sommes mariés avant. Et rassurez-vous, vous avez le consentement et la bénédiction de votre père.

— Papa était au courant?

— Quand j'ai deviné que vous étiez sur le point de me quitter, j'ai aussitôt résolu de m'y opposer.

— Mais... comment avez-vous su que j'allais partir?

— C'est vous qui me l'avez appris, Zoia!

— Comment?

Le duc sourit et se pencha pour s'emparer des lèvres de Zoia.

— Vous aurez toujours beaucoup de mal à me dissimuler la moindre chose, ma bien-aimée, lui dit-il. En vous regardant, pendant le dîner, j'ai deviné toutes vos pensées et quand nous sommes allés nous asseoir ensemble sur la terrasse, pendant le bal, je savais tout.

— C'est incroyable. Comment pouviez-vous savoir?

— Vous êtes vraiment la dernière personne qui puisse s'en étonner, non? observa-t-il en souriant.

Zoia éclata de rire : elle n'avait pas oublié, en effet, qu'il avait été capable de lire ses pensées, la première fois qu'elle avait joué du piano devant lui.

— Je me suis alors rendu compte que j'avais eu tort de tarder à vous faire l'aveu de mes sentiments et de mon désir de vous épouser. Je suis parti à la recherche de votre père. Je lui ai dit mes intentions. Il m'a répondu qu'il était tout disposé à m'accorder votre main et que ce mariage mettrait un terme à tous les soucis qu'il se faisait pour vous.

— Mais papa... n'a pas renoncé... à... partir pour la France, quand il a su cela?

— Non. Il m'a dit qu'il ne voulait à aucun prix manquer l'occasion exceptionnelle qu'il avait de partir. Il n'est pas facile de trouver un navire neutre, pour le moment, c'est vrai. Et puis, je crois qu'il a pensé que nous allions avoir envie d'être seuls. Il s'est effacé par délicatesse.

Le duc se tut et la regarda avec une soudaine inquiétude.

— Vous avez bien envie d'être seule avec moi, ma chérie, n'est-ce pas? demanda-t-il.

Mais devant son regard éloquent, il ne lui laissa pas le temps de répondre. Il posa ses lèvres sur celles de Zoia et il lui sembla qu'il prenait son cœur et le faisait sien, tant il prolongeait ce baiser.

La berline s'arrêta et il précisa :

— Tout a été arrangé en quelques heures grâce à l'efficacité de l'un des aides de camp du duc de Richelieu. J'ai pensé que vous désireriez vous marier selon le rite de la religion de votre mère.

— Ainsi, vous aviez deviné que cela me ferait plaisir? murmura Zoia avec émotion.

À cet instant, le laquais ouvrit la portière et elle vit une toute petite église ancienne, en bois, peinte de couleurs vives, avec des coupoles dorées.

Le duc lui prit la main et l'aida à descendre dans sa robe de bal et sa longue traîne qui ondulait sur le sol derrière elle, lorsqu'ils pénétrèrent dans l'église. L'air y était saturé d'encens et des centaines de bougies étaient allumées devant les saintes icônes accrochées partout sur les murs.

Un pope les attendait. A ses côtés, deux enfants de chœur portaient les couronnes impériales qui devaient être tenues au-dessus de leurs têtes pendant la cérémonie.

Zoia glissa sa main dans celle du duc. Elle savait que la cérémonie orthodoxe aurait toute sa valeur de sacrement pour le duc dont ce n'était pourtant pas la religion, tant leurs cœurs et leurs esprits étaient unis.

La jeune fille sentait l'invisible présence de sa mère qui avait, elle aussi, vécu un si grand amour.

Et Zoia, éperdue de gratitude, pria de toute son âme, répétant tout bas :

– Merci, merci, mon Dieu, de m'avoir donné l'homme que j'adore. Aidez-moi à le rendre heureux. Guidez-moi pour que je sache conserver son amour toute ma vie.

Dans la berline, après la cérémonie, Zoia crut qu'elle venait de faire un rêve et qu'elle rêvait encore. « Rien de ce qui s'est passé ne peut être vrai », se disait-elle.

Pourtant, le duc la tenait serrée dans ses bras, et ses lèvres étaient prisonnières des siennes. Mais cette étreinte, qu'elle n'avait jamais espérée, ne faisait que renforcer son impression de rêve. Seul leur amour lui semblait réel.

Il la couvrit de baisers à lui en faire perdre le souffle.

– Ma merveilleuse, ma parfaite, ma jolie petite épouse, toute à moi, murmurait inlassablement le duc.

– Répétez ces mots... oh! répétez-les encore, suppliait-elle. Je n'arrive pas à croire que je suis réellement votre femme. J'étais tellement convaincue que vous ne m'épouseriez jamais!

– Je vais vous montrer, tout à l'heure, que vous pouvez en être certaine! répliqua-t-il d'un ton moqueur.

– Mais... n'allez-vous pas regretter de vous être marié avec moi? demanda timidement Zoia.

– Pour cela, il faudrait que vous cessiez de m'aimer.

– Je vous aime comme je respire et je ne cesserai jamais de vous aimer, dit-elle avec passion.

Sous les baisers brûlants du duc, elle perdait le souffle et son cœur cognait dans sa poitrine.

Mais il leur fallut revenir sur terre : les chevaux avaient ralenti et la berline s'arrêtait.

Zoia était certaine de trouver le gouverneur et la duchesse qui les attendaient pour les féliciter, et cette perspective l'attristait car, à cet instant, rien ne lui paraissait plus précieux que d'être seule avec son époux. Mais quand le valet ouvrit la portière, elle eut l'agréable surprise de constater qu'ils n'étaient pas arrivés devant le palais mais devant une maisonnette en pierre blanche. Elle reconnut l'un de ces petits pavillons construits dans le parc du palais afin de loger les invités de marque.

– Ici, nous allons enfin être seuls, murmura le duc en souriant. Vous le désirez tout autant que moi, n'est-ce pas?

Comme il refermait jalousement la porte du pavillon derrière eux, Zoia entendit la voiture qui repartait et elle regarda autour d'elle. Il y avait des fleurs partout. Toutes les pièces étaient somptueusement meublées et décorées d'objets précieux.

Le duc la précéda dans un petit salon avant de s'effacer devant elle pour la laisser entrer dans une vaste chambre éclairée par les quelques bougies d'un chandelier. Dans la pénombre, Zoia distingua un superbe lit à la française dont les grands rideaux de soie bleue tombaient d'un ciel de lit en bois doré fait d'une guirlande d'angelots dorés.

Les peintures du plafond représentaient des scènes mythologiques où de petits amours folâtraient autour des dieux du Parnasse.

Le duc prit Zoia par la taille et la conduisit vers la fenêtre : sous le ciel étoilé, la mer scintillait des reflets argentés qu'y jetait le clair de lune.

– Je ne parviens pas à croire que ce qui nous arrive soit vrai! murmura-t-elle.

– Ma chérie... Vous m'appartenez enfin, pour toute la vie, pour l'éternité! répondit-il en la serrant contre lui avec fougue. Vous m'étiez destinée, Zoia, depuis le début des temps. J'ai l'impression de vous avoir cherchée et attendue si longtemps, si longtemps.

– C'est merveilleux, Blake... Moi aussi, je le pensais, tout au fond de mon cœur. Mais j'ai cru que je devais disparaître de votre existence...

– Comment avez-vous pu croire cela? Rien ne pouvait s'opposer à notre amour.

Elle soupira et mit sa tête au creux de la large épaule.

– Pour moi, vous faisiez partie de cette société impériale que j'ai vue évoluer à Saint-Pétersbourg et qui a condamné ma mère autrefois, pour avoir voulu vivre un grand amour.

– Rien ne compte que notre amour, pour moi. Zoia, je veux que vous me disiez qu'il en est de même pour vous.

– C'est ce que j'ai toujours pensé, mon amour.

– Vous n'êtes pas seulement ma femme, Zoia. Vous êtes l'incarnation d'un idéal que je vénérerai jusqu'à la fin de ma vie, dit-il d'un ton grave.

– Et si jamais... je vous décevais?

– Je vous jure, sur votre vie que vous venez de me donner, que cela ne saurait arriver! s'écria-t-il avec feu.

Zoia releva la tête pour le regarder tendrement et il plongea son regard au fond de ses yeux pour y chercher son âme. Puis il l'entraîna vers le fond de la pièce. Il retira doucement le diadème de ses cheveux, détacha sa traîne qui tomba sur le sol, et commença à dégrafer sa robe. Comme elle tremblait, il s'empara de ses lèvres et soudain, elle ne fut que passion. Elle avait la sensation que partout où il posait ses lèvres – sur ses yeux, son cou, sa gorge, sa bouche – elles allumaient un feu ardent.

Ce qu'ils éprouvaient l'un pour l'autre avait le même éclat que les étoiles au firmament. La gloire, les distinctions sociales, toutes les vanités qui semblent avoir tant d'importance aux yeux du monde, n'en avaient aucune pour eux.

– Je vous aime...

Ces petits mots vibraient dans leurs cœurs, et sur leurs lèvres qui les répétaient sans fin.

Le duc s'exclama soudain :

– Il n'y a pas que votre beauté que j'aime, ma femme bien-aimée! Il y a votre âme que j'adore, votre esprit que je vénère : tout ce que vous savez exprimer avec la musique! J'ai compris tout ce que vous m'avez dit, la dernière fois que vous avez joué pour moi. Mais, aujourd'hui, dites-le-moi avec des mots!

– Je veux votre amour, je vous veux tout à moi de toutes mes forces et de toute mon âme! avoua-t-elle enfin.

– Mon précieux trésor!

Il la souleva et la déposa doucement sur le vaste lit où il s'allongea à côté d'elle, la couvrant de baisers et de caresses divines derrière les grands rideaux de soie bleue.

Cinéma et TV

A bout de souffle/made in USA (1478★★)
par Leonore Fleischer
Une cavale romantique et désespérée.

Alien (1115★★★)
par Alan Dean Foster
Avec la créature de l'Extérieur, c'est la mort qui pénètre dans l'astronef.

Angélique, marquise des Anges
(667★★★ à 685★★★★)
(1410★★★★ à 1412★★★)
(1914★★★★ et 1915★★★★) (déc. 85)
par Anne et Serge Golon
De la Cour de Louis XIV au glacial Québec, les aventures de la fascinante Angélique.

L'année dernière à Marienbad
(546★★)
par Alain Robbe-Grillet
A-t-elle connu cet homme qui prétend l'avoir aimée ?

Annie (1397★★★)
par Leonore Fleischer
Petite orpheline, elle fait la conquête d'un puissant magnat. Inédit, illustré.

Au delà du réel (1232★★★)
par Paddy Chayefsky
Une terrifiante plongée dans la mémoire génétique de l'humanité. Illustré.

Beau père (1333★★)
par Bertrand Blier
Il reste seul avec une belle-fille de quatorze ans, amoureuse de lui.

Les Bleus et les Gris (1742★★★)
par John Leekley
Deux familles étaient liées par le sang, la foi et l'amour jusqu'au jour où éclata la guerre de Sécession.

Blade Runner (1768★★★)
par Philip K. Dick
Rick Decard est un tueur d'androïdes mais certaines androïdes sont aussi belles que dangereuses.

La boum (1504★★)
par Besson et Thompson
A treize ans, puis à quinze, l'éveil de Vic à l'amour.

Cabaret (Adieu à Berlin) (1213★★★)
par Christopher Isherwood
L'ouvrage qui a inspiré le célèbre film avec Liza Minelli.

Carrie (835★★★)
par Stephen King
Ses pouvoirs supra-normaux lui font massacrer plus de 400 personnes.
(déc. 85)

Chaleur et poussière (1515★★★)
par Ruth Prawer Jhabvala
En 1923, elle a tout quitté pour suivre un prince indien fascinant mais décadent.

Chanel solitaire (1342★★★★)
par Claude Delay
La vie passionnée de Coco Chanel. Illustré.

Le choc des Titans (1210★★★★)
par Alan Dean Foster
Un combat titanesque où s'affrontent les dieux de l'Olympe. Inédit, illustré.

Cinéma et TV

Christophe Colomb (1924★★★★★)
par Jean Merrien
L'histoire fabuleuse de l'homme qui découvrit l'Amérique. (nov. 85)

Conan (1754★★★)
par Robert E. Howard
Les premières aventures du géant barbare qui régna sur l'âge hyborien.

Conan le barbare (1449★★★)
par Sprague de Camp et Carter
L'épopée sauvage de Conan le Cimmérien face aux adorateurs du Serpent.

Conan le Cimmérien (1825★★★)
par Robert E. Howard
Bêlit a envoûté Conan, mais que peut-elle faire contre la force brutale du barbare ?

Conan le flibustier (1891★★★)
par Robert E. Howard
Crucifié contre un arbre, Conan attend la mort. (oct. 85)

Cujo (1590★★★★)
par Stephen King
Un monstre épouvantable les attend dans la chaleur du soleil.

Dallas

- **Dallas** (1324★★★★)
par Lee Raintree
Dallas, l'histoire de la famille Ewing, au Texas, célèbre au petit écran.
- **Les maîtres de Dallas** (1387★★★★)
par Burt Hirschfeld
Qui a tiré sur JR, et pourquoi ?
- **Les femmes de Dallas** (1465★★★★)
par Burt Hirschfeld
Kristin convoite la fortune de JR.
- **Les hommes de Dallas** (1550★★★★)
par Burt Hirschfeld
Le combat de JR contre Bobby.

Damien, la malédiction – 2 (992★★★)
par Joseph Howard
Damien devient parfois un autre, celui qu'annonce le Livre de l'Apocalypse.

Des fleurs pour Algernon (427★★★)
par Daniel Keyes
Charlie est un simple d'esprit. Des savants vont le transformer en génie, comme Algernon la souris.

Des gens comme les autres (909★★★)
par Judith Guest
Après un suicide manqué, un adolescent redécouvre ses parents.

2001 – l'odyssée de l'espace (349★★)
par Arthur C. Clarke.
Ce voyage fantastique aux confins du cosmos a suscité un film célèbre.

2010 – Odyssée 2 (1721★★★)
par Arthur C. Clarke.
Enfin toutes les réponses.

Dynasty (1697★★) et
Dynasty 2 (1894★★★)
par Eileen Lottman
Un des plus célèbres feuilletons télévisés.

E.T. – l'extra-terrestre (1378★★★)
par William Kotzwinkle
Egaré sur la Terre, un extra-terrestre est protégé par les enfants. Inédit.

Edith et Marcel (1568★★★)
par Claude Lelouch
L'amour fou de Piaf et Cerdan.

Elephant man (1406★★★)
par Michael Howell et Peter Ford
La véritable histoire de ce monstre si humain.

L'Espagnol (309★★★★)
par Bernard Clavel
Brisé par la guerre, il renaît au contact de la terre.

Cinéma et TV

... Et la vie continue (1869★★★★)
par Dino Risi
Les aventures drôles et colorées d'une famille italienne. (sept. 85)

L'exorciste (630★★★★)
par William Peter Blatty
A Washington, de nos jours, une petite fille vit sous l'emprise du démon.

Fanny Hill (711★★★)
par John Cleland
Un classique de la littérature érotique.

La fiancée de Frankenstein (1892★★★)
par Vonda N. McIntyre
Une version modernisée du mythe célèbre. (oct. 85)

Georgia (1395★★★)
par Robert Grossbach
Une fille, trois garçons, ils s'aiment mais tout les sépare. Inédit.

Goonies (1911★★★)
par James Kahn, présenté par Steven Spielberg
Des adolescents doivent trouver un trésor pour sauver leur village. (déc. 85)

Gremlins (1741★★★)
par Steven Spielberg
Il ne faut ni les exposer à la lumière, ni les mouiller, ni surtout les nourrir après minuit. Sinon...

Il était une fois en Amérique (1698★★★)
par Lee Hays
Deux adolescents régnaient sur le ghetto new-yorkais puis, un jour, l'un trahit l'autre.

Jonathan Livingston le goéland (1562★)
par Richard Bach
Une leçon d'art de vivre. Illustré

Joy (1467★★) et
Joy et Joan (1703★★)
par Joy Laurey
Une femme aime trois hommes... et une femme.

Kramer contre Kramer (1044★★★)
par Avery Corman
Abandonné par sa femme, un homme reste seul avec son tout petit garçon.

Ladyhawke (1832★★)
par Joan D. Vinge
Une femme-faucon aime un homme-loup.

Laura (1561★★★)
par Vera Caspary
Peut-on s'éprendre d'une morte sans danger ?

Love story (412★)
par Erich Segal
Le roman qui a changé l'image de l'amour.

Mad Max 2 (1533★★)
par Hayes, Miller et Hannant.
Mad Max 3 (1864★★★) (sept. 85)
par Joan D. Vinge
La violence déchaînée d'un univers post-holocauste atomique.

Le magicien d'Oz (The Wiz) (1652★★)
par Frank L. Baum
Dorothée et ses amis traversent un pays enchanté. Illustré.

Marianne, une étoile pour Napoléon (601★★★★ et 602★★★★)
par Juliette Benzoni
Le soir de ses noces, femme outragée, veuve, criminelle, elle découvre l'amour dans les bras d'un inconnu : Napoléon. (août 85)

Massada (1303★★★★)
par Ernest K. Gann
L'héroïque résistance des Hébreux face aux légions romaines.

Achevé d'imprimer sur les presses de l'imprimerie Brodard et Taupin
58, rue Jean Bleuzen, Vanves. Usine de La Flèche,
le 15 juillet 1985
6220-5 Dépôt légal juillet 1985. ISBN : 2 - 277 - 21859 - 6
Imprimé en France

Editions J'ai Lu
27, rue Cassette, 75006 Paris
diffusion France et étranger : Flammarion